Sina Trelde

ISLANDHOF HOHENSONNE 1

Sina Trelde lebt mit ihrer Familie und vielen Tieren in einem kleinen Ort in Westfalen. Nach einem Studium der Agrarwirtschaft übernahm sie den Hof ihres Großvaters, um dort eine biologische Landwirtschaft zu betreiben. Eine enge Verbindung hat Sina Trelde zu Pferden. Sie reitet gerne und bildet auch Jungpferde aus. Da sie oft im Stall sitzt und schreibt, erfindet sie besonders gerne Pferdegeschichten.

Sina Trelde

ISLANDHOF HOHENSONNE

Solons Geheimnis

Bücher für coole Mädchen.
www.piper.de/youandivi

Von Sina Trelde liegen im Piper Verlag vor:
Cassiopeia (Serie)
Islandhof Hohensonne 1. Solons Geheimnis
Islandhof Hohensonne 2. Ein großer Wettkampf

FSC
www.fsc.org
MIX
Papier aus verantwortungsvollen Quellen
FSC® C014496

Originalausgabe
ISBN 978-3-492-70514-1

Umschlaggestaltung: zero-media.net, München
Umschlagabbildung: Getty Images/Daniel Viñé Garcia; FinePic®, München
Satz: Satz für Satz, Wangen im Allgäu
Gesetzt aus der Dante
Druck und Bindung: GGP Media GmbH, Pößneck
Printed in Germany

1. KAPITEL
SCHÖN UND SONST NICHTS

»Wie lange müssen wir denn noch warten, Frieda?«

»Wann kommt Colin endlich?«

»Der steht da hinten und labert wieder rum.«

Die Reitschüler scharren mit den Füßen, die Pferde ebenfalls.

Ehrlich, mich nervt es auch. Colin, unser Reitlehrer, hat seinen Schülern einen Ausritt versprochen. Aber wer hat mal wieder die Pferde von der Wiese geholt? Ich. Wer hat acht schwere Sättel geschleppt? Ich. Wer hat mindestens sieben Pferde getrenst? Ja, wer wohl? Colin jedenfalls nicht. Braungebrannt und mit seinem Frauenversteherlächeln lehnt er neben einem roten Cabrio und quatscht mit Monas Mutter. Man kann selbst aus dieser Entfernung erkennen, wie toll sie Colin findet. Alle finden ihn toll. Und Colin findet sich natürlich auch unwiderstehlich.

Wir hatten auf unserem Islandhof schon so einige Reitlehrer. Nette, strenge, blöde, lustige, nervige und faule. Colin gehört in die Kategorie »schön, aber sonst nichts«. Er kann nicht besonders gut reiten, er hat kein Auge für die Fehler der

Reitschüler, er kann noch nicht mal die Unarten der Pferde korrigieren. Aber er sieht gut aus. So gut, dass meine Cousine Franzi, die im Internet einen Modeblog betreibt, ihn oft als Model nimmt. Dann muss er in ausgeflippten Klamotten auf einem Pferd reiten oder einfach lässig mit einer Mistgabel in der Hand am Stall lehnen. Dass ich nicht lache – als würde er jemals ausmisten! Das mache natürlich auch ich.

»Du bist ja nur sauer auf ihn, weil er sich nicht für dich interessiert«, sagt Franzi gerne. Aber das stimmt wirklich nicht. Es ist mir egal, wie er mich findet. Ich kann ihn nämlich nicht ausstehen.

Überhaupt finde ich, dass wir gut ohne Reitlehrer klarkommen. Obwohl ich erst dreizehn Jahre alt bin, unterrichte ich oft die Kindergruppe. Papa hat die F1- und die F2-Gruppe und eine Therapiegruppe gibt es auch noch. Die leitet meine Oma. Sie ist nämlich auch noch ganz schön flott unterwegs.

Jetzt grinst Colin sein selbstgefälliges Lächeln und schiebt die Sonnenbrille lässig in die Haare. Monas Mutter lacht glockenhell. Die Pferde neben mir tanzen. Es ist warm in der Nachmittagshitze. Mir reicht es!

»Colin! Kommst du endlich? Wir warten seit einer halben Stunde«, schreie ich so laut, dass es alle hören können.

Colin schaut zu mir, ganz kurz nur.

»Hol mir mal Brana«, sagt er dann. »Oder, nein, ich nehme heute Refur.«

Geht's noch? Ich bin doch nicht sein Stallbursche. Er kriegt Geld für seine Arbeit. Ich kriege für das, was ich tue, keinen Cent. Meine Arbeit ist ehrenamtlich! Meiner Familie gehört nämlich der Hof und für uns ist es selbstverständlich, hier mitanzupacken.

Ich bemühe mich, langsam bis zehn zu zählen. Leider komme ich nur bis acht. Dann schreie ich los: »Ich bin doch nicht dein …« *Pferdeknecht* will ich eigentlich rufen, doch da legt mir jemand die Hand auf die Schulter. Papa.

»Hol Refur schnell«, sagt er in seiner ruhigen Art. »Sonst kommt ihr nie weg.« Dann dreht er sich zu Colin um. »Jetzt komm endlich, die Stunde hat längst angefangen«, ruft er lauter.

Colin zischt sauer durch die Zähne. Ich kann es genau hören, obwohl er ein ganzes Stück von mir entfernt steht.

Schnell gehe ich zu dem kleinen Offenstall, in dem Refur steht. Als ich mit dem Hengst wieder auf den Hof komme, auf dem die Pferde angebunden werden, nimmt mir Colin den Strick aus der Hand und zieht Refur zur Anbindestange.

»Ich mach das schon!«, zischt er mir zu.

Er sieht beleidigt aus. Dass Papa ihn zur Arbeit angehalten hat, ärgert ihn. Es ist unglaublich! Da nimmt er sich immer so viele Dreistigkeiten heraus, aber wenn ihn jemand kritisiert, ist er gleich tödlich gekränkt.

»Und welches Pferd nimmst du?«, wendet er sich an mich.

»Ich reite doch gar nicht mit«, gebe ich verwundert zurück. »Ist doch dein Unterricht.«

Jetzt sieht Colin total überfordert aus. »Mit acht Kindern allein im Gelände? Das schaffe ich nicht.«

Wieder unterdrücke ich einen Wutanfall. War es meine Idee, einen Ausritt zu machen? Ist es mein Unterricht? Kann er mich nicht wenigstens vorher fragen, ob ich Zeit habe, ihn zu begleiten? Ich habe auch noch etwas anderes zu tun.

»Du hast den Kindern einen Ausritt versprochen«, erinnere ich Colin. »Wenn du das nicht hinkriegst, solltest du besser Abteilungsreiten auf dem Reitplatz machen.«

Wieder legt Papa kurz seine Hände auf meine Schultern. »Reite mit, Frieda, okay?«

Seine Augen bitten. Ich kann Papa einfach nichts abschlagen. Er ist der tollste Vater, den ich kenne. Der ruhigste, der freundlichste und der verständnisvollste. Mir bleibt nichts anderes übrig, als wütend zu schnauben. Papa wirft mir einen besorgten Blick zu. Diesen Blick kenne ich schon von ihm. Papa hat nämlich immer Angst, dass er mir zu viel zumutet.

Es gibt wirklich unendlich viel Arbeit auf unserem Hof. Leider zieht sich ausgerechnet mein Bruder Paul immer mehr in sein Zimmer zurück und daddelt die ganze Zeit am Computer rum. Auch meine Cousine Franzi benutzt unseren Hof nur noch als Kulisse für ihren Modeblog – weil Pferde ja so gut bei ihren Fans ankommen. Wenn man ehrlich ist, wird die Arbeit auch für unsere Oma allmählich zu schwer und sie sagt immer häufiger, dass sie kürzertreten muss. Bleiben nur noch Tante Susi, Onkel Steffen, Cousine Greta, Papa und ich, die Zeit für die Pferde haben. Das sind ziemlich wenige Leute für fast fünfzig Islandpferde und einen funktionierenden Reiterbetrieb. Außerdem muss ich ja auch noch zur Schule gehen, auch wenn ich das am liebsten verdränge.

Seufzend mache ich mich erneut auf den Weg, um mir ein Pferd zu holen. Papa begleitet mich ein Stück zur Wiese.

»Ich weiß, dass das alles ziemlich viel ist«, flüstert er mir zu. »Aber Colin ist so schrecklich chaotisch. Wenn du nicht mitreitest, vergisst er bestimmt die Hälfte der Kinder im Wald.«

»Alles klar«, sage ich. Dabei müsste ich am Nachmittag eigentlich noch ein Referat vorbereiten. Mir bleibt nichts anderes übrig, als es auf den Abend zu verschieben. Schlaf wird ja sowieso überbewertet.

Als Alvara mich kommen sieht, läuft sie mir entgegen. Sie ist mein Traumpferd. Manchmal kann ich gar nicht glauben, dass dieses wunderschöne Pferd tatsächlich nur mir gehört.

Alvara ist sieben. Auffallend an ihr ist der durchtrainierte schlanke Körper und die unglaubliche Mähne. »Rotfuchs« steht in ihren Papieren, aber das trifft es gar nicht so genau. In Wirklichkeit ist sie quietschorange.

Papa sagt immer, dass Alvara und ich so gut zusammenpassen, weil wir genau die gleiche wilde Mähne haben. Dabei sind meine Haare eher rotblond, finde ich. Eigentlich sind sie sogar eher blond als rot. Und so eine wilde Mähne habe ich auch nur selten. Oft mache ich mir nämlich einen Pferdeschwanz oder ich stecke die Haare hoch.

»Endlich!«, stöhnt Colin, als ich mit Alvara zurückkomme. Jetzt tut er so, als hätte es an mir gelegen, dass die Reitstunde fast vorbei ist. Und nun ist er es, der Alvara den Sattel auflegt und beim Trensen hilft, so als hätte er das schon den ganzen Nachmittag gemacht. Wenn es darum geht, die Lorbeeren einzuheimsen, ist Colin natürlich zur Stelle.

Der Ausritt ist eine Katastrophe. Während Colin mit den Mädchen quatscht, die links und rechts an seiner Seite reiten, fällt ihm überhaupt nicht auf, dass Amelie nicht mitkommt und anfängt zu weinen. Auch dass Gustav sein Pferd Hrina immer wieder antreibt, während er gleichzeitig an den Zügel zieht, kriegt Colin nicht mit. Ich reite zwischen Gustav, Amelie, Rosa und Valentin hin und her und versuche, die Gruppe zusammenzuhalten. Colin dagegen plaudert immer noch mit den beiden niedlichen Mädchen an seiner Seite. Frauenheld in allen Bereichen. Nur bei mir kriegt er auf diese Weise keinen müden Punkt.

Als wir aus dem Wald herauskommen und das weite Feld vor uns liegt, kann ich der Stute Hrina ansehen, dass es ihr mit Gustav reicht. Es geht ihr ziemlich auf die Nerven, dass der Junge immer wieder an den Zügeln zieht und ihr damit einen

Ruck ins empfindliche Pferdemaul gibt. Jetzt wirft sie den Kopf in den Nacken und schiebt das Gebiss vor.

»Gustav, lass doch mal die Zügel locker«, schlage ich vor und rufe dann Colin zu: »Colin, guck doch mal! Hrina ist total sauer, die geht gleich durch.«

Colin dreht sich nur halb zu uns um. Ist doch nicht seine Aufgabe, für das Ende der Gruppe zu sorgen, denkt er sicher. Hrina macht einen kleinen Satz. Dann noch einen. Ich weiß genau, was jetzt kommt. Hrina ist ein empfindliches Pferd. Wenn man sie nicht in Ruhe lässt …

Auch Gustav scheint zu spüren, wie sich der Pferdekörper unter ihm anspannt. Aber statt sich tief in den Sattel zu setzen, zieht er erneut an den Zügeln. Dann klammert er sich mit den Beinen an den Pferdebauch und merkt gar nicht, dass er Hrina damit antreibt – das Gegenteil von dem, was er eigentlich erreichen will. Hrina rollt den Kopf ein und schüttelt die Mähne. Es ist nur eine kurze schnelle Bewegung, aber sie weiß genau, dass sie den Anfängern auf die Weise die Zügel aus der Hand reißt. Noch einmal schüttelt sie sich. Das reicht aus. Gustav verliert nicht nur die Zügel, auch sein linker Fuß rutscht aus dem Steigbügel. Langsam gleitet sein Körper zur Seite und schließlich fällt er ins Gras. Es geht alles wie im Zeitlupentempo. Bestimmt hat er sich nicht besonders wehgetan, aber er fängt sofort an zu weinen.

Hrina wirkt froh darüber, ihn so einfach losgeworden zu sein. Mit zwei kurzen Sprüngen überprüft sie, ob sie frei ist. Dann rennt sie los.

»Frieda, verdammt! Kannst du nicht aufpassen?«, macht mich Colin an und springt tatsächlich vom Pferd, um an Gustavs Seite zu eilen. Fürsorglich beugt er sich über ihn und tröstet ihn. Dann schaut er Hrina nach, die erleichtert und befreit über die Felder rennt. Die Steigbügel schlagen gegen ihren Bauch, der linke Zügel hängt ziemlich weit herunter.

»Frieda, beeil dich! Pass auf, dass Hrina sich nicht in den Zügeln verfängt«, zischt mir Colin wütend zu. Natürlich ist es mal wieder meine Aufgabe, die Stute einzufangen. Zum Glück bleibt sie an der nächsten Kurve stehen und versucht, das Gras am Wegrand zu knabbern. Typisch Islandpferd. Die haben immer Hunger.

Schließlich kriege ich Hrina zu fassen und bringe sie zu unserer Reitstundengruppe zurück.

Colin lässt Gustav wieder aufsteigen, nimmt jetzt aber Hrina als Handpferd an seine Seite.

»Lasst uns umdrehen«, schlägt er vor. »Die Reitstunde ist sowieso zu Ende.«

Dann wirft er mir einen wütenden Blick zu, als hätte ich das verschuldet. Das macht mich unglaublich sauer.

»Sag mal, du musst dich doch mal umgucken und mitkriegen, was hier für ein Chaos ist«, fahre ich ihn an. »Gustav hat die ganze Zeit an den Zügeln gezogen …«

Jetzt ist Colin echt beleidigt. »Warum sagst du denn nichts?«

Na klar, das ist alles meine Schuld.

»Du warst ganz weit vorne. Als ich es dir sagen wollte …« Jetzt fange ich auch noch an, mich zu verteidigen. Das macht es eigentlich noch schlimmer.

Colin schaut mich tadelnd an. »Nächstes Mal bist du schneller, okay?«

Oh Mann, ich werde mich rächen. Eines Tages! Ganz bestimmt! Ich weiß nur noch nicht, ob ich ihn vergiften oder erdolchen soll.

Als wir auf dem Reiterhof ankommen, warten die Eltern schon auf ihre Kinder. Gustav sieht seine Mutter und fängt wieder schrecklich zu weinen an.

Seine Mutter ist sofort zur Stelle. »Was ist denn, mein Schatz?«

Gustavs Mutter gehört zu diesen Helikoptermüttern, die ihr Kind ständig umkreisen. Dass sie ihn eine Stunde lang einem Reitbetrieb überlassen musste, hat sie bestimmt wahnsinnig gemacht. Und nun das!

Gustav heult lauter. Colin nimmt ihn in den Arm und erzählt der Mutter, was sich im Gelände zugetragen hat. Ich höre nicht zu – ich weiß auch so, dass er die Schuld auf mich schiebt. Schnell nehme ich den Kindern die Pferde ab und führe sie in den Stall. Als ich zurückkomme, sieht mich Gustavs Mutter böse an. Sie hat längst erfahren, dass alles wieder mal an mir gelegen hat. Jetzt zieht sie ein Taschentuch aus ihrer Jeans und sorgt dafür, dass sich Gustav noch einmal die Nase putzt. Er erinnert mich an ein kleines Baby. Trotzig hat er die Unterlippe vorgeschoben und schaut mich sauer an. Er ist genauso wütend auf mich wie seine Mutter, das kann ich geradezu über die Entfernung spüren. Wortlos gehen sie zum Auto, das kurz darauf mit quietschenden Reifen davonbraust.

Tja, so ist das mit den Helikoptereltern: Sie sorgen sich nur um ihr eigenes Kind. Dass es auf unserem Hof noch andere Kinder, Erwachsene und Pferde gibt, stört sie nicht.

Ich schaue dem Auto nach. Als ich mich umdrehe, sehe ich, wie Colin seinen Blick auf mich gerichtet hat.

»Die war ja ganz schön sauer auf dich«, sagt er vorwurfsvoll.

Halt bloß die Klappe, denke ich und beiße mir auf die Lippen.

»Das hätte auch noch viel schlimmer ausgehen können«, fährt Colin unbarmherzig fort.

Halt die Klappe. *Halt bloß die Klappe!*, ermahne ich mich immer wieder.

»Du musst einfach mehr darauf achten …«

Es ist schrecklich, dass er nicht aufhören kann. Ich merke, wie mir die Wut im Nacken sitzt und langsam in meinen Kopf kriecht.

Verzweifelt versuche ich, mich zurückzuhalten. Bis zehn zählen! Die Zähne fest aufeinander beißen …

»Halt doch endlich deine blöde Klappe!«, schreie ich los. »Merkst du nichts? Du bist der Reitlehrer. Du musstest auf Gustav aufpassen. Aber du hast …«

»Schrei doch nicht so«, versucht Colin, mich zurechtzuweisen. »Wer schreit, hat unrecht«, sagt er noch.

Jetzt verliere ich endgültig die Geduld. »Habe ich aber nicht!«, brülle ich. »Und ich bin nicht die einzige. Jeder auf diesem Hof hat schon lange gemerkt, dass du nichts hinkriegst. Du guckst nur, dass du dich rechtzeitig verdrückst, und suchst einen Dummen, der dir die Arbeit abnimmt.«

»Was?«, tut Colin überrascht.

»Tu doch nicht so!«, schreie ich weiter. »Es weiß doch jeder hier auf dem Hof, dass du eine faule Socke bist. Faul, aber schön. Sonst nichts!«

Es wird ganz still um mich herum. Aus den Augenwinkeln kann ich erkennen, wie alle zu mir herüberstarren. Monas Mutter sieht richtig erschrocken aus. Auch die Reitschüler sind irritiert. Nele geht sogar zu Colin und streicht ihm mitleidig über den Arm.

Verdammt, warum habe ich nicht ein einziges Mal meine Klappe gehalten? Mit meiner Wut mache ich immer alles kaputt. Letztendlich hält sowieso niemand zu mir. Colin ist der Star und nachdem ich ihm so zugesetzt habe, haben auch noch alle Mitleid mit ihm.

Ich sehe, wie Papa und Onkel Steffen auf mich zukommen. Papa legt beschützend seine Hand auf meine Schulter. Dann wendet er sich Colin zu.

»Colin, können wir gleich mal kurz reden?«, höre ich ihn sagen.

Oh, wie lieb ich Papa in diesem Moment habe. Er weiß genau, was wirklich passiert ist: Nämlich, dass Colin wieder einmal völlig planlos durch die Gegend geritten ist und ich auf alle schwierigen Kinder dieser Welt aufpassen musste.

Colin zieht die Augenbrauen zusammen. Ich sehe ihm an, dass er diesen verwunderten Blick nur spielt. Er weiß, dass Papa weiß, was wirklich passiert ist. Jetzt guckt er auf die Uhr.

»Muss das heute sein? Ich habe eigentlich …«

»Ja, das muss heute sein«, erwidert Papa streng.

Ich kann Papa ansehen, dass das ein ungemütliches Gespräch wird. Aber das ist auch dringend nötig. Colin hat schon seit Wochen nur noch das gemacht, worauf er Lust hatte: Ein bisschen reiten und dieses alberne Cowboy-Training mit dem Lasso, damit er auf Franzis Modeblog lässig aussieht. Außerdem mit Frauen quatschen und seine Sonnenbrille putzen. Für den Rest seiner Arbeitszeit hatte er sein sogenanntes »Personal«, nämlich meine Cousine Greta und mich.

»Von mir aus«, gibt sich Colin betont lässig. »Aber wenn es geht gleich. Ich muss nämlich noch weg.«

»In einer halben Stunde«, setzt Papa die Bedingungen. »Du hast ja bis achtzehn Uhr Dienst.«

Wow, das ist ja mal eine Ansage! Bis achtzehn Uhr ist Colin schon lange nicht mehr auf unserem Hof geblieben. Um diese Uhrzeit beginnt die Fütterung und die überlässt er gerne mir. Aber jetzt kann er sich nicht herausreden.

»Von mir aus«, knurrt er.

Ich fange Papas Blick auf und weiß, dass er mit Colin allein reden möchte. Das ist mir recht. Ich will Colin jetzt nicht in die Augen sehen. Schließlich ist mir klar, dass er seinen beleidigten Blick aufgesetzt hat.

Ich gehe zu Alvara in den Offenstall. Hier stehen alle Wallache und Stuten zusammen. Der Innenbereich ist so groß, dass alle genug Platz haben, um sich gemütlich ins Stroh zu legen. Außerdem können die Pferde nach draußen auf den Paddock. Ein paar Meter weiter gibt es noch einen kleineren Offenstall, in dem die Hengste stehen. Und dann gibt es noch ein paar kleine Ställe für Pferde, die in Quarantäne stehen müssen, weil sie krank sind. Auch wenn wir neue Pferde kaufen, müssen sie erst hier alleine stehen, bis sie die Tierarztuntersuchungen hinter sich haben.

Für Islandpferde, die im Winter ein richtig kuscheliges Fell bekommen und die gerne draußen stehen, auch wenn es kalt wird, sind Offenställe eine wunderbare Erfindung. Hier kann jedes Pferd machen, was es möchte und was ihm guttut. Im Sommer können sich die Pferde, die gerne vor der Hitze und den Mücken flüchten, im kühlen Inneren des Stalls aufhalten.

Alvara ist ein Pferd, das gerne draußen steht, im Sommer wie im Winter. Nur wenn ich in den Offenstall komme und mich auf die breite Futterraufe setze, die Onkel Steffen aus Beton gebaut hat, kommt sie zu mir. Eine Weile schnuppert sie an mir und ich streichele ihre Nase. Dann wird es still zwischen uns, denn jetzt folgt unser abendliches Einschlafritual. Alvara schiebt ganz behutsam ihren Kopf auf meine Schulter. Ihr weiches Maul streift meine Wange, ihre weichen Lippen berühren mein Ohr. Dann lehnt sie ihren Kopf an meinen.

Wie immer bin ich ein bisschen unsicher, ob das, was jetzt passiert, Einbildung ist oder ob wir wirklich unsere Gedanken austauschen. Ich bilde mir nämlich ein, Bilder zu sehen, die Alvara im Kopf hat. Vielleicht sind es aber auch nur meine Bilder – das kann ich nicht so wirklich auseinanderhalten. Ich habe jedenfalls plötzlich Bilder vor Augen, von denen ich glaube, dass sie in Alvaras Kopf herumspuken. Heute zum Beispiel ist es das Bild von einer grünen Wiese. Ich kann auch die Pferde sehen, die in der Nähe stehen und fressen. Es muss Alvaras Perspektive sein, aus der ich das alles sehen kann. Das Bild verschwindet langsam. Ich warte eine Weile, atme weiter tief ein und aus. Kommt noch mehr? Manchmal bekomme ich nur ein Bild zu fassen, manchmal aber sehe ich noch mehr Eindrücke. Ruhig atme ich weiter.

Wieder kommt ein Bild. Ich sehe Colin, der eine Satteldecke in der Hand hält. Dann spüre ich einen leichten Druck und höre, wie Alvara intensiver atmet. Wahrscheinlich habe ich den Moment zu spüren bekommen, in dem Colin mein Pferd gesattelt hat. Er war schon zu diesem Zeitpunkt ziemlich sauer auf mich. Vielleicht hat er Alvara mit wütendem Schwung den Sattel auf den Rücken geworfen. Das Bild verblasst. Alvara hat immer noch ihren Kopf auf meiner Schulter. Ruhig atmen wir beide weiter. Jetzt kommt noch ein Bild. Jemand liegt auf dem Weg und weint. Das kann nur Gustav sein. Ich sehe ihn mit den Augen von Alvara, die sich einen kurzen Moment zu ihm hinunterbeugt. Dieses Bild ist so lebendig, dass ich lachen muss. Dieses heulende Baby – wie lächerlich er sich macht mit seinem Gequake. Das scheint auch Alvara so zu sehen. Ich kann geradezu spüren, wie komisch sie ihn findet. Ich kichere und Alvara pustet mir ins Ohr, als würde sie ebenfalls lachen.

Wieder drückt sie kurz ihren Kopf gegen meinen, dann

hebt sie ihn von der Schulter. Unser Gedankenaustausch ist beendet. Ich nehme Alvaras Kopf in meine Hände und drücke ihr einen Kuss auf die Nase.

»Schlaf gut, mein Schatz«, flüstere ich. Dann lasse ich sie los. Langsam bewegt sie sich zu den anderen Pferden nach draußen.

Ich springe von der Futterraufe und drehe mich um. Da sehe ich, wie Papa an der Stallwand lehnt. Er hat mich beobachtet.

»Na, habt ihr wieder eine Schmusestunde gehabt?«, fragt er.

Er macht sich immer ein bisschen über uns beide lustig. Aber sein Blick ist dabei weich und zärtlich. Er mag es, dass ich mich so gut mit den Pferden verstehe.

Ich habe einmal versucht, ihm von dem Gedankenaustausch zu erzählen, aber ich habe schnell gemerkt, dass er das alles nur für Einbildung hält.

»Pferde machen sich nicht solche Gedanken«, sagte er damals. »Das sind deine Bilder und du bildest dir ein, dass sie von deinem Pferd kommen. Aber das ist egal, denn es ist wunderschön, dass ihr beide euch so nahe seid.«

Es hat mich ziemlich unsicher gemacht, als Papa das gesagt hat. Haben Pferde keine Bilder im Kopf? Sind es meine Bilder, die ich auf Alvara übertrage? Ich glaube es nicht. Das Bild von dem weinenden Gustav habe ich ganz klar mit Alvaras Augen gesehen. Aber ich habe aufgehört, mit Papa oder irgendjemand anderem darüber zu reden. Das macht die wunderschönen Augenblicke zwischen Alvara und mir nur kaputt. Denn die gehören ganz klar nur uns beiden.

»Ich wollte dich zum Abendessen holen«, sagt Papa nun. »Wir haben einiges zu besprechen.«

»Ich komme«, erwidere ich.

Als ich neben Papa zum Haus gehe, sieht er mich lächelnd an.

»Ich glaube, du hattest heute einen ziemlich schweren Tag, oder?«, fragt er.

»Ach, alles gut«, gebe ich zurück. »Allerdings kann sich Colin darauf gefasst machen, dass er eines Tages ein Messer im Rücken stecken hat.«

Papa lacht und streicht mir kurz über den Rücken. Er weiß, dass ich es nicht ernst meine.

»Damit das nicht passiert, sollten wir alle mal miteinander reden«, schlägt er vor.

2. KAPITEL
EIN NEUER REITLEHRER

Wir sitzen zusammen beim Abendessen. Wie fast jeden Abend sind wir eine große Gruppe. An der einen Stirnseite des langen Tisches sitzt Omi, an der anderen Seite Papa, dazwischen an der linken Seite Onkel Steffen, Tante Susi und Franzi, auf der anderen Seite Paul, Greta und ich. Es gibt Moussaka mit Auberginen und Schafskäse. Omi hat es gemacht. Ich liebe dieses Essen eigentlich sehr, aber heute schmeckt es mir nicht besonders. Das liegt an der Stimmung.

»Colin hat gekündigt«, sagt Papa in die Stille.

»Was?« Franzi schreit auf. »Oh nein, meine Leser sind verrückt nach ihm. Ich brauche ihn unbedingt noch für eine Fotosession.«

»Er kommt aber nicht mehr«, fährt Papa unbarmherzig fort. »Er hat gesagt, dass er die Nase voll hat. Er würde hier auf unserem Hof eine gute Arbeit machen und müsste es sich nicht bieten lassen, von einem dreizehnjährigen Rotzlöffel angemacht zu werden.«

Papa schaut ganz kurz zu mir herüber. Dann gleitet sein Blick an mir vorbei zum Regal hinter mir. Ich weiß genau, was er jetzt denkt, und das tut mir schrecklich weh. Im Regal steht nämlich ein Foto meiner Mutter. Es ist ein wunderschönes Bild – sie hat darauf ein herzliches Lächeln und wundervolle grüne Augen. Sie und ich haben die gleiche Haarfarbe und die gleiche Frisur: lange Locken, die bis auf den Rücken fallen. Wir sehen uns eigentlich sehr ähnlich, aber bei aller Ähnlichkeit ist unser Gesichtsausdruck grundverschieden. Mamas Lächeln ist sanft und liebevoll. Ich dagegen habe ein freches Gesicht. Das sagt sogar mein Physiklehrer. Ich sehe patzig und zickig aus, behauptet er immer, wenn wir uns mal wieder streiten. Wahrscheinlich hat er recht. Patzig und zickig, so bin ich. Ich kann nie meine Klappe halten. Ständig sage ich den Menschen, was ich denke und meine, egal ob sie es hören wollen oder nicht. Damit habe ich schon oft Porzellan zerschlagen.

»Wer soll der Rotzlöffel sein?«, fragt Paul nun belustigt. »Doch nicht schon wieder Frieda, oder?«

Ich liebe Paul. Auch wenn er in letzter Zeit zu einem Computer-Freak geworden ist, hält er immer noch zu mir.

»Es war jedenfalls nicht besonders klug, Colin so zu provozieren«, sagt Tante Susi. »Wir wissen doch alle, wie empfindlich er ist.«

»Empfindlich?«, gibt meine Cousine Greta von sich. »Er ist total eingebildet und kriegt gar nicht mit, wie er andere behandelt.« Sie schaut zu mir. Ich spüre ihren Blick, starre aber weiter auf meinen Teller und versuche, das Moussaka zu essen. »Ich hab mich jedenfalls gefreut, dass Frieda ihm mal die Meinung gesagt hat«, verkündet Greta. »Ehrlich, ich war schon hundertmal davor, ihm genau das zu sagen. Ich habe mich nur nicht getraut.«

Wieder schaut Greta kurz zu mir. Diesmal begegnen sich unsere Blicke. Ich hoffe, sie merkt, wie dankbar ich ihr bin.

Papa seufzt leise und wieder gleitet sein Blick zu Mamas Foto. Ich muss schlucken. Bestimmt denkt er: *Wie kann so ein freundliches Wesen wie Gabriela so eine wütende Tochter bekommen?* Vielleicht denkt er auch: *Warum hat Frieda nichts von ihrer Mutter – außer dem Aussehen?*

Ich habe meine Mutter nicht wirklich gekannt. Sie starb bei einem Autounfall, als ich zwei Jahre alt war. Das jedenfalls ist es, was Papa mir erzählt hat.

Du brauchst nicht immer zu Mama zu schauen, würde ich Papa am liebsten sagen. *Ich bin eben nicht wie sie. Tut mir leid.*

Papa scheint zu spüren, wie traurig ich bin. Sein Blick wird sehr liebevoll.

»Du hast recht, Greta«, sagt er zu meiner Cousine. »Wir hätten schön längst mit Colin reden sollen. Er hat unsere Nerven ziemlich strapaziert. Besonders Frieda musste ständig sein Stallbursche sein. Kein Wunder, dass sie so sauer war.«

»Der Typ war einfach unfähig«, mischt sich Onkel Steffen in das Gespräch ein. »Faul und eingebildet. Für solche Leute ist hier kein Platz. Dazu haben wir viel zu viel zu tun.«

»Aber die Reitschüler mochten ihn«, bemerkt Tante Susi. »Und jetzt bleibt der Unterricht wieder an uns hängen.« Sie reibt sich die Stirn. Ihr ist die Arbeit schon lange zu viel. Immer wieder jammert sie über Migräne.

»Ich übernehme die Reitstunden«, sage ich schnell. »Ich habe nächste Woche Ferien, dann habe ich Zeit.«

Mit dem Vorschlag hoffe ich, alles wieder gut zu machen, was ich angerichtet habe. Aber ich habe übersehen, dass das nicht so einfach ist, weil wir alle taktgenau verplant sind.

Paul lacht. »Du hast Zeit? Woher denn?«, meint er. »In den Ferien trainierst du die Verkaufspferde. Außerdem kommen die Berittpferde. Schon vergessen?«

Ja, zugegeben, für einen Moment habe ich mir echt eingebildet, ich hätte einen freien Vormittag. Aber Paul hat recht. Meine Vormittage sind schon vergeben.

»Es hilft nichts«, winkt Omi ab. »Selbst wenn du einspringst, Frieda. Wir brauchen einen neuen Reitlehrer.« Sie seufzt und schaut Onkel Steffen an. »Ich weiß, wir haben schon beim letzten Mal Probleme gehabt, einen zu finden. Colin war eine Notlösung, so schlecht wie er reiten konnte.«

»Vielleicht sollten wir mal deutschlandweit suchen«, schlägt Onkel Steffen vor. »Wir könnten dem neuen Reitlehrer doch eine Wohnmöglichkeit bieten. Das Ferienhaus hinter dem Stall ist schon so lange frei.«

Vor zwei Jahren haben wir noch Ferienhäuser an Urlaubsgäste vermietet, aber das haben wir aufgegeben. Die Arbeit auf dem Hof ist schon genug.

»Ist das Ferienhaus denn aufgeräumt?«, will Tante Susi wissen. »Wir stellen dort immer allen möglichen Kram ab.«

»Ich räume es auf«, schlage ich vor. Wenigstens damit will ich mein schlechtes Gewissen beruhigen, da jetzt alle durch mich in große Schwierigkeiten geraten sind.

»Ich helfe dir«, sagt Greta. Sie ist nicht nur meine Cousine, sie ist auch meine allerbeste Freundin.

»Und woher bekomme ich ein neues Männer-Model?«, fragt Franzi sauer.

»Nimm mich!«, schlägt Paul grinsend vor.

Franzi verdreht die Augen. »Ich rede von *Männern*!«, zischt sie.

Für unser Pferd Akur gab es schon mehrere Kaufinteressenten, die immer wieder abgesprungen sind, wenn sie versucht haben, mit ihm zu tölten. Das ist schade, denn Akur ist ein besonders schönes Pferd. Er ist ein Farbwechsler, eine Besonderheit bei Islandpferden, die nicht so häufig vorkommt. Im Winter ist Akur pechschwarz, aber wenn man das Fell zur Seite schiebt, kann man unter dem Flauschhaar schon das weiße Fell erkennen, das nachkommt. Je wärmer es draußen wird, umso mehr Wollhaar verliert Akur. Zeitweise sieht er dann wie ein Schecke aus, bis er im Sommer ganz weiß ist. Er wirkt dann wie ein komplett anderes Pferd. Ich finde das Phänomen unglaublich.

Als ich Akur von der Wiese holen soll, muss ich mich konzentrieren, um ihn zu finden. Er ist jetzt so weiß wie Sküggi. Das ist komisch, weil ich immer noch das Bild von einem dunklen Pferd im Kopf habe.

»Frieda!«, ruft mir Greta nach. »Bleib nicht zu lange weg, um drei kommt der erste Bewerber für die Stelle als Reitlehrer.«

Sieben Menschen haben sich auf die Stelle als Reitlehrer beworben. Gemeinsam haben wir die Bewerbungen durchgeschaut. Das war richtig spannend. Zuletzt haben wir uns für vier Bewerber entschieden und sie für heute eingeladen. Papa, Onkel Steffen, Omi und Tante Susi wollen mit ihnen sprechen, aber natürlich sind Paul, Franzi, Greta und ich als Zaungäste dabei. Auch wir wollen einen Favoriten suchen.

Daher darf ich jetzt keine Zeit verlieren. Ich sattele und trense Akur. Dann geht es ins Gelände. Zunächst muss ich ein kleines Stück auf einem Asphaltweg reiten, aber dann biege ich auf den Sandweg ein, der an unserem Reiterhof vorbeiführt. Schon diese Strecke ist eine gute Töltstrecke. Leider ist es nicht möglich, Akur so einfach in den Tölt zu legen wie zum Beispiel mein Traumpferd Alvara. Alvara ist ein Naturtölter, sie fängt an zu tölten, sobald ich vom Hof bin. Akur ist eine andere Nummer. Er geht eigentlich nur Trab. Manchmal, wenn man sich sehr anstrengt, wenn man wirklich alles gibt, total in Balance ist, taktklar im Gleichgewicht reitet und das Gewicht weit nach hinten verlagert, geht er Pass – kein Tölt.

Ich bin zwar eher ein ungeduldiger Mensch, aber heute bemühe ich mich, Akur Zeit zu geben und mich zu konzentrieren. Zunächst lasse ich ihn ein kleines Stückchen traben. Dann nehme ich ihn zurück und reite wieder Schritt. Anschließend trabe ich ein Stück. Dann galoppieren wir einen kleinen Berg hinauf.

Ich spüre, wie sich Akur entspannt. Er schnaubt. Die frische Luft gefällt ihm offenbar. Jetzt gibt es noch eine kleine Töltstrecke auf weichem Boden, die ganz gerade ist und zum Reiterhof zurückführt. Akur schwitzt, sein Hals ist nass. Sicherlich freut er sich auf die Herde und die Wiese. Nun kommt meine Chance. Ich verkürze die Zügel, lasse aber meine Hand ganz locker auf das Pferdemaul wirken. Akur hebt den Kopf. Jetzt setze ich mich tief in den Sattel, strecke die Beine gerade nach unten und lehne mich ein bisschen zurück. Vorsichtig treibe ich ihn von hinten an. Mist! Akur geht Pass. Ich gebe in den Zügeln nach, verkürze sie dann wieder. Akur reagiert, indem er in den Passtölt wechselt. Eine wirklich reiner Tölt sieht anders aus. Beim Passtölt schaukelt und hüpft das Pferd vor sich hin, aber es ist wenigstens ein erster Schritt zu einem butterweichen Tölt. Damit kann ich leben und darum lasse ich ihn so weiterlaufen. Erst, als ich schon aufgeben will und die Zügel nachgebe, um Schritt zu gehen, geht Akur drei Schritte Tölt! Das muss ich unbedingt Papa erzählen.

Auf dem Hof steht ein grüner Geländewagen. Der erste Bewerber ist also schon da. Greta winkt mir zu und macht dann eine wilde Handbewegung. Dabei winkt sie mit den Fingern an den Augen vorbei. Der Typ hat einen Knall, will sie damit sagen. Das sind leider keine guten Nachrichten. Ich sattele Akur ab und bringe ihn auf die Wiese, dann gehe ich zu Greta hinüber. Sie steht zwischen Paul und Franzi.

»Den ersten haben wir schon mal gestrichen«, erklärt Greta. »Er hat gleich rumgemeckert, nur weil eine Gerte auf der Erde lag.«

»Und für meinen Modeblog kommt er auch nicht infrage«, seufzt Franzi. »Viel zu alt. Außerdem schielt er mit dem einen Auge.«

»Einen schicken Wagen hat er aber«, brummt Paul.

»Dafür gibt es allerdings keine Punkte«, erwidert Franzi. Sie drückt mir einen Zettel in die Hand. »Hier. Das sind die Punkte, auf die du achten musst. Du darfst bis zu drei Punkten vergeben. Drei ist super, zwei bedeutet *Geht so*, und eins ist die totale Katastrophe.«

Ich schaue mir den Zettel an. Franzi hat ein DIN-A4-Blatt quer genommen und mit einem Kuli verschiedene Striche gezogen. Die erste Spalte hat sie mit dem Wort »Ausstrahlung« überschrieben und noch mal in »Sympathie«, »Freundlichkeit« und »Offenheit« unterteilt. In die zweite Tabellenhälfte hat sie das Wort »Aussehen« eingetragen und auch das in »Gesicht«, »Frisur« und »Figur« gegliedert. Ich finde es nicht so einfach, einen Menschen in verschiedene Teile zu zerteilen. Bei mir zählt immer der Gesamteindruck. Außerdem wüsste ich vor allem gerne, wie gut der Bewerber reiten kann, wie er mit Pferden umgeht und ob er ein guter Lehrer ist. Das Aussehen ist für mich Nebensache.

»Diese Beurteilung ist doch Quatsch«, versuche ich zu argumentieren. »Der bewirbt sich doch als Reitlehrer, da muss er doch in erster Linie gut reiten können.«

»Das überlegen sich doch schon Mama, Papa, Omi und

Onkel Noah«, erklärt Franzi. »Wir übernehmen den ersten Eindruck ganz ohne Pferdeverstand. Okay?«

Ich kann gar nichts erwidern, denn in diesem Moment öffnet sich die Tür zur Reithalle und der erste Bewerber verabschiedet sich. Sofort ducken wir uns hinter der Boxentür eines leeren Offenstalls und ziehen die Köpfe ein. Dann lugen wir über die Tür und begutachten den Mann. Okay, der Typ ist echt keine Schönheit, da hat Franzi recht. Und besonders freundlich sieht er auch nicht aus. Ich gebe ihm in allen Kategorien auf meinem Zettel einen Punkt. Damit hat er bei mir keine Chance.

Eigentlich kommt kein Bewerber so richtig gut weg. Eine Frau macht auf den ersten Blick einen ganz höflichen Eindruck, aber sie wirkt ein bisschen zickig. Der Bewerber, der nach ihr kommt, gehört in die Kategorie »Schön, aber sonst nichts«, und da fällt mir natürlich gleich Colin wieder ein.

Erst die letzte Bewerberin macht auf uns alle einen guten Eindruck. Sie sieht ein bisschen erschöpft aus, als hätte sie eine lange Fahrt hinter sich, bei der sie einige Zeit im Stau gestanden hat. Auf ihrem Autokennzeichen steht »K« für Köln.

»Die will bestimmt nicht hier in Hohensonne bleiben«, murmelt Paul. »Und ehrlich gesagt kann ich das verstehen. Wenn man aus Köln kommt …«

Die Frau sieht sich etwas irritiert um. Ihr Blick bleibt an uns hängen.

»Ich bin doch hier auf dem Islandhof Hohensonne, oder?«, fragt sie.

Wir nicken. Ich schäme mich ein bisschen, weil sie den Zettel in meiner Hand sieht. Hoffentlich merkt sie nicht, was wir hier machen.

»Könnt ihr mir sagen, wo ich Noah Kirk finde?«, fragt sie.

In dem Moment kommt Papa auch schon aus der Reithalle. Er lächelt und in seinen Augenwinkeln bilden sich kleine Falten. »Sie müssen Frau Berger sein, oder?«, fragt er.

Sie nickt. »Tut mir leid, ich habe gleich auf dem Kölner Ring eine Stunde im Stau gestanden.«

»Kein Problem, jetzt sind Sie ja da«, lacht Papa. »Kommen Sie rein.«

Zugegeben, sie macht einen sympathischen Eindruck. Was die Ausstrahlung betrifft, kriegt sie bei mir die volle Punktzahl.

»Für meinen Modeblog kommt die nicht infrage«, tönt Franzi. »Sie ist viel zu klein. Models müssen mindestens einen Meter fünfundachtzig sein.«

»Aber das ist ja nicht so wichtig«, rege ich mich auf. »Hauptsache, sie kann reiten und ist nett. Außerdem finde ich schon, dass sie gut aussieht. Also: Gesicht, drei Punkte. Figur …«

Ich breche ab. Wer ist dieser seltsame Typ, der da neben dem Kölner Auto steht und zu mir rüberguckt? Er hat seine Kapuze über den Kopf gezogen und die Hände in den Taschen seines Hoodies vergraben.

Franzi ist meinem Blick gefolgt. »Was ist das denn für ein Möchtegern-Gangster?«, prustet sie leise in mein Ohr. Erst jetzt wird mir klar, dass die Bewerberin nicht allein gekommen ist. Der Typ schaut eine Weile zu uns und verzieht dabei verächtlich das Gesicht. Dann blickt er sich um und schaut zu den Pferden. Jetzt geht er langsam auf den Paddock zu.

»Aha, er ist eher von der sprachlosen Sorte«, grinst Paul. »Ich weiß nicht, wie man das in Köln so macht. Bei uns auf Hohensonne sagt man ›Guten Tag‹.«

Paul sagt es so laut, dass der Typ es bestimmt verstanden hat. Und tatsächlich. Jetzt dreht er sich noch mal zu uns um.

»Klar«, gibt er zurück. »Hier gibt's ja auch nicht so viele Menschen, die man grüßen muss.«

Dann schiebt er die Hände tiefer in die Tasche und geht weiter. Unglaublich unverschämt! Wir sind alle sprachlos.

»Ich füge mal eine Spalte hinzu«, sage ich mit einem Blick auf meinen Zettel. »›Begleitpersonen.‹ Und in der Kategorie kriegt die Frau nur einen Punkt.«

Ich ziehe zwei weitere Striche auf meinem Blatt und notiere einen Punkt für die Begleitperson. Währenddessen kommt der Typ langsam zu uns rüber. Er redet nicht, schaut immer nur von einer Ecke zur anderen und sieht dabei ziemlich traurig aus. Irgendwie tut er mir plötzlich ein bisschen leid. Wenn sich seine Mutter bei uns beworben hat, hat sie sicherlich überlegt, zu uns zu ziehen. Jedenfalls kann man die Strecke von Köln nach Hohensonne nicht täglich fahren. Das scheint dem Typen bestimmt etwas auszumachen. Er weiß ja nicht, wie klasse es hier in unserem Dorf ist. Wie schön unser Hof ist, hat er auch noch nicht mitgekriegt.

Jetzt öffnet sich die Stalltür wieder und Papa, Onkel Steffen, Tante Susi und die fremde Frau kommen heraus. Sie reden lebhaft miteinander. Die Frau hat dunkle Haare und helle Augen und das sieht unglaublich schön aus. Wach und aufmerksam wirkt sie. Ihr Sohn dagegen hat einen finstern Gesichtsausdruck. Mit den Händen tief im Hoodie vergraben folgt er seiner Mutter.

»Hast du dich schon ein bisschen umgeschaut, Max?«, wendet sich die nette Frau an den Hoodiegangster. Der gibt einen Ton von sich, der mich an den Teddy erinnert, den ich als Kind hatte. Ein tiefes ungemütliches Brummen. Die Frau versteht das offensichtlich als Zustimmung.

»Ganz gut, oder?«, fragt sie.

Der Blick des Typen wird noch finsterer, falls das überhaupt noch zu steigern ist.

»Wir sollten uns mal das Haus anschauen, in das wir einziehen können«, fügt die Frau hinzu.

Ich wage es nicht mehr, zu dem Typen zu schauen. Seltsam nur, dass Papa die schlechte Stimmung des Jungen nicht bemerkt. Aber Papa ist ja grundsätzlich ein Optimist.

»Das Ferienhaus liegt da hinten«, erklärt Papa und geht voraus.

Offensichtlich haben sich alle Erwachsenen schon für einen Bewerber entschieden und diese Frau macht das Rennen.

Seufzend steckt Franzi ihren Zettel in die Hosentasche.

»Ich glaube, die brauchen unsere Meinung nicht mehr«, sagt sie. Dann schaut sie dem finsteren Typen seufzend nach. »Den Gangster kann ich jedenfalls nicht für meinen Blog gebrauchen«, sagt sie.

Das sehe ich genauso.

3. KAPITEL
WILLKOMMEN AUF HOHENSONNE

»Heute brauchen wir alle Man- und Frauenpower, die ihr zu bieten habt«, sagt Papa.

Das wissen wir schon seit zwei Tagen. Die nette Frau hat sich nämlich tatsächlich entschieden, bei uns als Reitlehrerin anzufangen, und sie bringt ihren Sohn und zwei Islandpferde mit. Ich kann Papa ansehen, dass er glücklich darüber ist. Er scheint sich gut mit ihr verstanden zu haben. Für Papa freut mich das sehr. Ich allerdings muss an diesen seltsamen Typen in seinem Hoodie denken. Hoffentlich geht er uns nicht mit seiner schlechten Laune auf die Nerven.

Meike Berger heißt die neue Reitlehrerin. Sie ist fünfunddreißig Jahre alt und alleinerziehend. Der Brummbär an ihrer Seite ist ihr Sohn Max, wie wir schon bei der Vorstellung erfahren haben. Angeblich ist er vierzehn, aber vom Benehmen her könnte man ihn auch für sechs halten.

Meike Berger hat in der Nähe von Köln Reitunterricht in einem Therapiezentrum gegeben. Jetzt möchte sie auf einen richtigen Reiterhof zurück, hat Papa uns erzählt. Sie liebt Islandpferde und angeblich kann sogar ihr Sohn reiten.

»Ehrlich gesagt macht er nicht den Eindruck, als würde er sich für Pferde interessieren«, meint Greta. »Er hat ja noch nicht mal einen Blick in den Stall geworfen.«

»Bestimmt will er gar nicht nach Hohensonne«, überlege ich. »Hier ist es ihm wahrscheinlich viel zu spießig.«

»Seid lieb zu ihm«, redet Papa uns zu. »Wir sollten uns freuen, dass wir so eine tolle Reitlehrerin kriegen. Sie hat richtig gute Zeugnisse.«

Greta und ich tauschen einen kurzen Blick. Na klar, wir werden uns Mühe geben. Aber nicht alles liegt an uns. Wenn der Typ einen auf Miesepeter macht, müssen wir ihm leider einen Heuballen auf den Kopf werfen oder ihn in den Misthaufen schubsen. Da kann das Schicksal manchmal sehr unbarmherzig sein …

Am späten Nachmittag kommt ein kleiner Möbelwagen eines Transportunternehmens angefahren, kurze Zeit später treffen auch die neue Reitlehrerin und ihr Sohn Max mit ihrem Auto und einem großen Pferdeanhänger auf Hohensonne ein. Wir packen alle mit an und schleppen die Möbel in das Ferienhaus. Ich bin ziemlich gespannt auf die Pferde. Onkel Steffen hat extra den Quarantänestall fertig gemacht. Hier sollen die Pferde die erste Zeit bleiben, bevor sie in unsere Herde integriert werden. Neugierig gehe ich zu dem Hänger hinüber und versuche, einen Blick über die Laderampe zu werfen. Sofort ist der Hoodiegangster neben mir. Wahrscheinlich hat er Angst, dass ich die Laderampe öffne und mir die Pferde weglaufen.

»Kann ich dir helfen?«, frage ich freundlich.

Der Typ knurrt etwas – ich verstehe ihn zwar nicht, aber es hört sich eher nach *Nein, danke* an. Wobei … ich glaube, danke hat er nicht gesagt.

Jetzt klappt er die Laderampe herunter und knallt sie

knapp neben meinen Füßen auf den Boden. Oh Mann, ist der sauer! Aber das ist nicht meine Schuld. Ich habe den Typen nicht gebeten, nach Hohensonne zu kommen. Im Gegenteil. Ich kann auf so einen Stinkstiefel verzichten.

»Verstehe, du kommst allein klar!«, sage ich und dann lasse ich ihn einfach stehen.

Nachmittags gehe ich mit Greta ausreiten. Dadurch müssen wir das ganze Durcheinander auf dem Hof nicht mit anschauen. Ich reite wieder Akur, den Farbwechsler, um ihm noch mehr als drei Schritte Tölt beizubringen. Greta sattelt sich Fagur, eine Stute, die im Moment schrecklich platzsauer ist und bei Reitstunden ständig an der Tür der Reithalle stehenbleibt. Ich liebe meine Ausritte mit Greta. Wir haben ständig etwas zu erzählen. Heute lästern wir natürlich über den Typen, bevor wir beschließen, nur noch den Tag zu genießen. Es ist wunderschönes Wetter und wir haben Sommerferien!

Akur spürt, wie entspannt ich bin, und läuft tatsächlich eine kurze Strecke im Tölt. So einfach kann es sein. Auch Fagur genießt den Ausritt. Immer wieder schüttelt sie ihre lange Mähne und geht einen schnellen und fleißigen Schritt, sodass man sich nicht vorstellen kann, dass sie noch gestern über den Reitplatz gekrochen ist und zu jeder Bewegung angetrieben werden musste.

Vergnügt kommen wir auf den Hof zurück. Papa schaut mich erwartungsvoll an.

»Wie war's?«, fragt er.

»Eine kurze Strecke durch die Felder im Tölt«, rufe ich zurück und Papa strahlt. Die Chancen für einen Käufer stehen gut.

Jetzt kommt Meike Berger dazu und stellt sich neben Papa. Mit aufmerksamem Gesicht schaut sie sich unsere Pferde an.

»Die sind aber schön. Diese unglaubliche Mähnen und diese schönen Farben. Wirklich, ich finde, dass Islandpferde die ausdrucksvollsten Farben haben.«

»Akur ist sogar ein Farbwechsler«, berichte ich stolz. »Im Winter schwarz und im Sommer weiß.«

Meike schüttelt ungläubig den Kopf. »Ich habe noch nie einen Farbwechsler gesehen«, sagt sie. »Ich weiß zwar, dass es so etwas gibt …«

»Wir haben sogar drei Farbwechsler auf dem Hof«, erzählt Papa und seine Augen leuchten. »Wir haben nämlich einen wundervollen Hengst, mit dem wir züchten.«

In dem Moment sehe ich den Hoodiegangster über den Hof kommen. Immer noch hat er seine Kapuze auf. Er lässt ein Pferd neben sich hergehen, ohne dabei einen Strick zu benutzen. Das Pferd geht einfach auf Schulterhöhe mit ihm.

Meike schaut erst ihren Sohn, dann das Pferd an.

»Tónn ist auch ein Farbwechsler«, sagt sie lächelnd. »Erst war er ein Mausfalbe, aber jetzt wird er immer grauer.«

Ich sehe, wie sich das Gesicht ihres Sohnes noch mehr verfinstert. Max macht einen richtig wütenden Eindruck, aber er sagt nichts.

»Trotzdem sieht man ihm eine edle Abstammung an«, sagt Papa. »Wie alt ist er?«

Eigentlich wendet er sich an Max, aber der sagt kein Wort. Meike antwortet für ihn: »Achtundzwanzig. Wir benutzen ihn aber noch als Therapiepferd. Er ist unglaublich geduldig. Die schwierigsten Kinder haben durch ihn wieder Vertrauen gefasst.«

Ich schaue auf Max, der immer noch wütend aussieht.

»Wohin soll er?«, fragt er kurz.

Papa dreht sich zu mir um.

»Frieda, geh doch mal kurz mit Max mit, ja? Greta kann Akur auf die Wiese bringen.«

Schon klar! Macht mir überhaupt nichts aus, mit diesem Schlossgespenst mitzugehen. Wir haben uns sicherlich ganz viel zu erzählen …

Ich gehe neben Max her und zeige ihm den Quarantänestall, der an unseren Reitstall angrenzt. Es ist ein richtig schöner Offenstall. Für zwei Pferde ist das schon fast eine Luxusvilla. Trotzdem bleibt Max' Miene finster. Immerhin, sein Pferd scheint sich wohlzufühlen. Es schaut sich aufmerksam im Stall um.

»Heißt er Tónn?«, frage ich, nur um etwas zu sagen, denn ich habe mitgekriegt, dass Max' Mutter das Pferd so genannt hat.

Max knurrt etwas, das sich wie ein Ja anhört. Okay.

»Da vorne ist das Stroh, daneben Heu. Wir füttern im Moment aber nur abends ein bisschen. Die Pferde kommen ja auf die Wiese.«

Der Typ bleibt sprachlos.

»Da ist der Besen, da die Mistgabel. Hier in die Tonne kannst du dein Kraftfutter tun«, fahre ich fort.

Wieder Schweigen. Der Typ ist wirklich hartnäckig.

»Und wenn du wissen willst, wohin du deinen Sattel und die ganzen anderen Sachen räumen kannst, musst du mich fragen«, sage ich.

Ich glaub es nicht. Dieser Junge kriegt seine Zähne immer noch nicht auseinander.

»Na dann, schönen Tag noch«, bemerke ich spitz.

Wieder kein Wort. Der Typ schwingt sich auf die Futterraufe und schiebt sich langsam die Kapuze aus den Haaren. Plötzlich sehe ich etwas, das mein Herz für einen kurzen Moment zum Klopfen bringt. Tónn kommt nämlich langsam auf Max zu und legt seinen dicken grauen Pferdekopf auf Max' Schulter. Der Hoodiegangster schließt die Augen und lehnt seinen Kopf gegen den seines Pferdes. Dann versinken beide in eine Stille, die fast etwas Magisches hat.

Ich bin hier jedenfalls überflüssig. Leise verlasse ich den Offenstall.

Tante Susi hatte die Idee, die neue Reitlehrerin und ihren Sohn zum Abendessen dazu zu holen.

»Wir essen immer zusammen, dann können wir alles, was ansteht, in Ruhe besprechen«, sagt sie in ihrer herzlichen Art und merkt dabei gar nicht, wie viel Spannung sie plötzlich in unsere gemütliche Abendrunde gebracht hat. Papa hat den Tisch ausgezogen und zwei Stühle dazu gestellt. Meike sitzt nun neben Paul und das Hoodiemonster sitzt mir gegenüber. Zuerst hat Max versucht, seine Kapuze aufzulassen – gute Manieren werden ja sowieso überbewertet –, aber dann hat Papa freundlich darauf bestanden, dass er sie abnimmt. Seitdem sieht der Typ noch finsterer aus.

»Wie gefällt es dir denn hier?«, wendet sich Omi an Max. Sie ist immer so lieb und weiß gar nicht, dass sie versucht, einen Fisch zum Sprechen zu bringen. Max gibt ein Grunzen von sich, das Omi als *ganz gut* deutet.

»Du denkst bestimmt, hier ist der Hund begraben, was?«, grinst Paul. »Und soll ich dir mal was sagen? Du hast recht!« Er lacht fröhlich. »Außer Pferden haben wir nur noch Füchse und Hasen.«

»Und die drei Hühner von Omi«, verbessert Franzi ihn. »Sie heißen Babette, Karola und Margarete.«

»Tatsächlich?«, antwortet Meike überrascht und lacht. »Das müssen ja nette Hühner sein. Legen sie auch Eier?«

Sie versucht, sich fröhlich einzubringen, um darüber hinwegzutäuschen, dass ihr Sohn so schlechte Laune hat. Aber mir sitzt er leider genau gegenüber und ich schaue immer wieder in dieses verschlossene und wütende Gesicht. Da kann man machen, was man will, auch Spaghetti Carbonara schmecken plötzlich nicht mehr so lecker wie sonst.

Ich bin froh, als wir die »gesellige« Runde auflösen und ich endlich zu Alvara kann. Erst muss ich aber noch die Pferde füttern, denn heute habe ich Dienst.

Ich gehe in die Sattelkammer und mache verschiedene Eimer mit Kraftfutter fertig. Auf jedem Eimer steht ein Name und jedes Pferd bekommt ein eigenes Kraftfuttergemisch. Die meisten bekommen Pferdemüsli, das extra für Islandpferde entwickelt wurde. Einige bekommen noch ein bisschen Hafer, andere ein paar Kräuter oder Mash. Zuletzt schneide ich noch Äpfel und Möhren klein und verteile sie gerecht auf die Eimer.

»Du hast es mir versprochen!«, höre ich plötzlich Max' Stimme. Noch nie habe ich ihn so laut und deutlich reden hören.

»Hör zu, Max, wir müssen uns doch auch ein bisschen einbringen«, erwidert eine Frauenstimme. Es ist Meike, die da redet. Auch ihre Stimme klingt energisch und ein bisschen verzweifelt.

Ich will jetzt auf keinen Fall ein Gespräch belauschen, schon gar nicht einen Streit zwischen Mutter und Sohn.

Daher beeile ich mich und arbeite ein bisschen lauter, damit die beiden hören, dass ich nebenan bin. Dann schnappe ich mir die Eimer und gehe zum Offenstall hinüber. Ich binde den Pferden die Eimer um die Köpfe, sodass sie nur ihr eignes Futter vor ihrem Maul haben und sich nicht streiten. Sie kennen das schon und warten geduldig, bis ich alles verteilt habe. Ein gemütliches Mampfen beginnt. In der Zwischenzeit schneide ich Heuballen auf und verteile das Heu in den Ecken des Offenstalls. Ich bilde viele Haufen, sodass es auch hier keinen Streit gibt und auch die rangniedrigen Pferde zum Essen kommen.

Als ich gerade dabei bin, den Pferden die leeren Eimer abzunehmen, steht Max plötzlich hinter mir. Ich zucke zusammen. Ein Geist im halbdunklen Offenstall ist nichts für meine Nerven.

»Was machst du hier?«, bellt er mich an.

Was ist das denn für eine Frage? Ich habe ein Messer und einen Eimer in der Hand und ein paar Heuspieren müssten auch noch an meinem T-Shirt hängen.

»Wonach sieht es denn aus?«, gebe ich zurück.

Der Typ mustert mich von oben bis unten.

»Du spionierst mir nach«, sagt er jetzt.

»Genau«, gebe ich zurück. »Weil du ja so wahnsinnig aufregend bist. Es ist so interessant, was du zu sagen hast. Zumal ich deine Stimme noch nie gehört habe. Ich habe schon gedacht, du hast sie zu Hause gelassen.«

Max gibt einen verächtlichen Ton von sich. Es hört sich an wie »öps«. Ich mache ihn nach. »Öps.«

Leider ist der Typ zu humorlos, um darüber zu lachen.

»Kannst du jetzt bitte aus der Tür gehen?«, mache ich ihn an. »Ich habe nämlich noch was anderes zu tun, als deinem Gespräch zu lauschen.«

Gott sei Dank tritt Max an die Seite und lässt mich vorbeigehen. Ich wasche die Eimer aus und stelle sie zurück in die Sattelkammer. Als ich zum Stall zurückkehre, ist Max verschwunden. Das erleichtert mich sehr.

Langsam ziehe ich mich an der Futterraufe hoch und warte. Alvara steht an einem Heuhaufen, doch nun kommt sie zu mir. Ich schließe die Augen und spüre ihre warme Nase an meinem Ohr. Ihr Kopf liegt auf meiner Schulter. Langsam neige ich meinen Kopf und berühre ihre Mähne. Dann atme ich ruhig ein und aus.

Das erste Bild, das ich zu sehen bekomme, zeigt unsere Wiese. Sie ist noch mit Morgentau benetzt, wahrscheinlich das erste Bild des Tages, über das Alvara Freude empfunden hat. Ich freue mich mit ihr.

Jetzt sehe ich den Reitplatz und mich, wie ich mit einer langen Gerte neben Alvara herlaufe. Bodenarbeit. Bodenarbeit liebt sie. Ich glaube, es macht ihr immer Spaß, wenn ich neben ihr laufe und nicht auf ihr sitze. Bei diesem Bild sehe ich mal wieder, wie aufmerksam sie ist. Ich kann geradezu fühlen, wie sich ihre Ohren spitzen und nach vorne richten. Nun drücke ich meinen Kopf noch enger an sie und merke, dass auch sie den Druck intensiviert. Das ist ein unglaubliches Gefühl.

Plötzlich spüre ich, wie sich Alvara anspannt, und dann sehe ich das nächste Bild durch Alvaras Augen. Max. Er steht im Türrahmen des Offenstalls und blickt zu uns. Ob er heute bei ihr gewesen ist und sie darum das Bild von ihm im Kopf hat? Vielleicht sieht sie ihn aber auch gerade jetzt in diesem Moment. Pferde können ja um ihren Kopf herumsehen. Dazu würde auch ihre Anspannung passen.

Ich öffne die Augen und fahre herum. Tatsächlich steht Max dort am Türrahmen und schaut mich an. Das ist mir überhaupt nicht recht. Diese Stunde gehört Alvara und mir.

»Was machst du hier?«, zicke ich ihn an.

»Ich gucke«, erwidert er.

»Dann geh bitte woanders hin und guck da!«, schieße ich zurück. »Du nervst hier.«

»Schon gut, reg dich ab«, bellt er. Dann zieht er die Kapuze tiefer ins Gesicht und macht sich vom Acker.

4. KAPITEL
EIN NEUES BERITTPFERD

Die erste Woche der Sommerferien ist wie im Flug vergangen. Längst hat sich herumgesprochen, dass es auf Hohensonne eine gute und einfühlsame Reitlehrerin gibt. Jeden Tag kommen Familien auf den Hof gefahren, um ihre Kinder beim Reitunterricht anzumelden. Besonders Kinder, die Konzentrationsstörungen haben, werden für den Therapieunterricht angemeldet, den Meike meist zusammen mit Papa gibt. Unser geduldiges Therapiepferd Selma und auch Max' Pferd Tónn sind voll im Einsatz.

Max ist das nicht recht, das kann ich ihm ansehen. Immer wieder streitet er sich mit seiner Mutter. Ansonsten hat er sich ein bisschen gefangen. Er ist zwar noch keine Quasselstrippe geworden, aber er sitzt nicht mehr so viel in seiner Kapuze und vor Kurzem hat er sogar einmal gelacht, als Franzi beim Abendessen eine Roomtour mit unserer Familie bloggen wollte und rückwärts gegen eine Wand gelaufen ist, während sie ein Selfie gemacht hat. Er hat aber nur ganz kurz gelacht und weil wir ihn dann alle überrascht angeguckt haben, hat er schnell wieder ein böses Gesicht aufgesetzt. Immerhin, er kann lachen. Ich habe es mit eigenen Augen gesehen!

Nach dem Frühstück ist er wieder der Alte. Er scheint sich mit seiner Mutter gestritten zu haben, denn er hat sich Tónn genommen und geht mit ihm über den Hof. Meike dagegen holt sich unser Therapiepferd Selma und macht mit ihr allein die Reitstunden.

Doch das geht mich alles nichts an – und ehrlich gesagt interessiert es mich auch nicht. Ich hole Alvara aus dem Stall und binde sie an der Anbindestange fest. Heute will ich mit ihr auf der Ovalbahn trainieren. Am Ende der Sommerferien wollen wir vielleicht auf unserem Hof ein Turnier veranstalten. Da will ich natürlich gut abschneiden.

Max bindet Tónn neben Alvara an. Gemeinsam putzen wir die Pferde, reden aber kein Wort miteinander. Jaja, das ist wahnsinnig gemütlich. Ich liebe Fische!

»Gehst du auf den Platz oder ins Gelände?«, frage ich schließlich, weil ich die Stille nicht aushalten kann.

»Gelände«, brummt Max.

Dabei ist er noch nie bei uns im Gelände gewesen. Eigentlich wäre es vernünftig, wenn er jemanden bittet, ihn zu begleiten und ihm die Wege zu zeigen. Aber das ist nicht mein Problem, ich bin schließlich nicht sein Kindermädchen.

Jetzt kommt ein Geländewagen mit einem Hänger die Auffahrt zu unserem Hof hochgefahren. In dem Hänger steht ein Pferd, das aufgeregt wiehert. Sofort verbreitet sich Unruhe auf dem Hof. Die Hühner flattern auf, alle Pferde recken die Köpfe. Tiger, unser Kater, versteckt sich unter einem geparkten Hänger und lauert auf den Angriff. Alvara wittert einen schicken Hengst im Hänger und quietscht ihr typisches Stutenquietschen und schließlich beginnt sogar Tónn, seinen Kopf in den Nacken zu werfen und die Zähne zu blecken.

Nun steigt ein Mann aus dem Geländewagen, der ziemlich angespannt aussieht.

»Ich wollte zu Noah Kirk.«

Papa kommt schon über den Hof. Er hat wohl mit dem Besucher gerechnet.

»Samuel Becker, nicht wahr?«, fragt er und reicht dem Mann die Hand. Der nickt.

»Wie ich sehe, haben Sie das Problempferd direkt mitgebracht«, fährt Papa fort.

Der Mann nickt wieder. »Das ist mein Wallach Solon«, sagt er.

Problempferd? Das hört sich ziemlich dramatisch an und wenn ich ehrlich bin auch spannend. Tante Susi sagt immer, dass nicht die Pferde das Problem sind, sondern die Menschen. Aber das stimmt nicht so ganz. Es gibt tatsächlich Pferde, die unglaublich nervös sind und schon steigen, wenn sich Äste an einem Baum bewegen. Islandpferde gehören aber in der Regel nicht dazu.

Papa geht zum Hänger und hilft dem Mann, die Laderampe runterzuklappen. Unruhig stolpert das Pferd rückwärts.

»Hoo! Ruhig!«, mahnt Papa.

Das Pferd schaut sich nervös um und schüttelt dann die lange dunkle Mähne.

»Wow!«, staune ich. »Der ist ja richtig schick. Ein Mausfalbe, wie Tónn.«

»Tatsächlich«, staunt auch Max. Dann fällt ihm ein, dass er ja nicht reden will, und darum beißt er sich schnell auf die Lippen und setzt wieder sein brummiges Gesicht auf.

Trotzdem interessiert ihn das Pferd. Es könnte Tónns Sohn sein, so ähnlich sehen sich die beiden. Nur der Aalstrich ist bei Solon ausgeprägter.

Das Pferd tänzelt immer noch aufgeregt. Ich kann mir gut vorstellen, dass es nicht einfach zu reiten ist. Es macht einen sehr angespannten Eindruck. Aber es ist bildschön, mit dunkelgrauem, fast schwarzem Fell und einer schwarzen Mähne, die kleine helle Strähnen hat. Der Körper ist schlank und muskulös, die Nüstern fein und schmal. Im Gegensatz zu vielen Islandpferden hat es keine krumme Elchnase, sondern ähnelt mit dem schmalen Kopf fast einem Araber.

»Ich habe den kleinen Paddock da drüben frei gemacht«, erklärt Papa. »Dann können wir uns Solon mal genauer anschauen.«

Der Mann nickt. Er versucht, sein Pferd zum Paddock hinüberzuziehen, aber das Pferd wehrt sich wie ein kleiner störrischer Esel. Jetzt dreht es sich zu Tónn um und legt die Ohren nach hinten.

»Seid ihr fertig?«, fragt Papa uns nervös. »Es wäre besser, wenn wir hier Platz haben.«

»Ich bin weg«, sagte ich, nehme Alvara und gehe mit ihr auf die Ovalbahn. Auch Max steigt auf und reitet vom Hof.

Dann nimmt mich die Arbeit auf der Ovalbahn gefangen. Seit einiger Zeit versuche ich nämlich, mit Alvara Rennpass zu reiten, aber das ist nicht so einfach. Man muss das Pferd gut in Balance halten und viel Platz haben.

Zunächst reite ich Schritt, gehe viele Wendungen und Schlangenlinien, trabe und tölte schließlich. Rennpass wird aus dem Galopp geritten. Man nennt es »legen«. Ich galoppiere Alvara an, reite ein bisschen schneller. Dann nehme ich die Zügel auf, mache mich schwer und versuche, sie in den Rennpass zu legen, aber es klappt nicht.

Meike ruft mir etwas zu. Ich nehme Alvara zurück und pariere sie schließlich durch.

»Was ist?«, rufe ich.

»Willst du Rennpass gehen?«, will Meike wissen.

Ich nicke.

»Nicht auf der Ovalbahn«, schreit sie über den Platz. »Die hat zu viele Kurven. Wir machen das mal im Gelände.«

Schade, aber sie wird sicherlich Erfahrungen damit haben. Ich gebe also auf und reite Alvara wieder in den Gangarten, die ich kenne. Später gehe ich noch auf den Platz und mache kleine Dressurübungen wie Schenkelweichen und Vorhandwendungen.

Als ich vom Platz komme, sehe ich, dass auch Max von seinem Ausritt zurückkommt. Ich unterdrücke ein Seufzen. Da treffen wir uns also wieder an der Anbindestange …

Aber auch Max hat scheinbar keine Lust, mit mir zusammenzutreffen. Er sattelt Tónn schnell ab, macht ihm ein Halfter um und führt ihn zu dem Paddock, in dem das neue Berittpferd steht. Ich bin ein bisschen überrascht darüber. Sieht er denn nicht, dass das Pferd die Ohren anlegt?

»Guck mal, Tónn, so hast du auch mal ausgesehen«, sagt Max zu seinem Pferd. »Ist der nicht schön? Der könnte echt dein Sohn sein.«

Tónn sieht wirklich interessiert aus.

»Willst du ihm mal Guten Tag sagen?«, fragt Max. Dann öffnet er den Paddock und führt sein Pferd hinein.

Ich bin so verblüfft, dass es mir die Sprache verschlägt. Erschrocken schaue ich mich um, was Papa oder Meike dazu sagen, aber gerade in diesem Augenblick ist niemand außer Max und mir auf dem Hof.

Tónn streckt sein Maul vor und schnuppert an dem Berittpferd. Das legt die Ohren nun fast bis an den Hals.

»Max, pass auf!«, rufe ich. »Das Pferd sieht total sauer aus. Merkst du nicht …«

Ja, jetzt merkt Max es auch. Das Problempferd gibt einen Ton von sich, der sich wie ein kreischender Hengst anhört. Dann dreht es Max sein Hinterteil zu. Völlig klar: Es will nach Max ausschlagen. Erschrocken lässt Max Tónn los und bringt sich mit einem Sprung unter dem Stromzaun durch in Sicherheit.

Doch auf die Weise hat er Tónn dem neuen Berittpferd schutzlos ausgeliefert. Solon umkreist den alten Wallach mit tief gelegtem Hals und beobachtet ihn mit rollenden Augen. Tónns Strick schleift über den Boden. Es ist nur eine Frage der Zeit, bis eins der Pferde darauf tritt.

»Mist!«, flucht Max. Er steht am Eingang des Paddocks und versucht, Tónns Strick zu greifen. Solon merkt das sofort, aber er will seine Beute nicht freigeben. Von der Seite schießt er auf Tónn zu und treibt ihn von Max fort in eine andere Ecke. Dann dreht er sich wieder. Er zieht seinen Kopf tief, sein Huf schnellt aus und er tritt in Tónns Richtung. Der Huf verfehlt sein Ziel nur knapp.

Tónn wiehert und jagt in eine andere Ecke. Sofort hetzt Solon ihm nach.

»Oh nein!«, bricht es aus mir heraus. Tónn sieht aus wie ein verschrecktes Fohlen. Ich kann das nicht aushalten. Vorsichtig hocke ich mich unter den Stromzaun und warte ab, bis Solon an mir vorbeigaloppiert ist.

»Frieda, was machst du?«, ruft Max ängstlich.

Aha, er kennt also meinen Namen. Leider habe ich keine Zeit für Erklärungen. In diesem Moment ist Solon nämlich an mir vorbeigehechtet. Ich weiß genau, was er vorhat: Er will Tónn den Weg versperren. Darum krieche ich jetzt durch den Zaun in den Paddock, richte mich vorsichtig auf und gehe in die andere Richtung. Als Solon sich vor Tónn aufbaut, fasse ich diesen verrückten Wallach am Halfter, das er zum

Glück umhat. Solon schlägt mit dem Kopf und versucht mich abzuwehren, doch ich hänge mich an ihn.

»Hol Tónn raus!«, schreie ich Max zu.

Doch Max hat schon kapiert, was ich geplant habe. Er öffnet den Stromzaun an den Griffen, schnappt sich Tónn und zieht ihn so schnell er kann aus dem Paddock. Das war wirklich die einzige Chance. Solon ist nämlich unglaublich sauer auf mich. Er ruckt so heftig mit dem Kopf, dass er mir fast den Arm ausreißt. Aber jetzt ist Tónn in Sicherheit und ich kann ihn loslassen. Solon versucht, nach mir auszuschlagen.

»Vorsicht, Frieda!« Max schreit panisch. Ich schütze meinen Kopf mit den Armen, obwohl ich weiß, dass das sinnlos ist. Wenn ein Pferd zutritt, hat man keine Chance. Gott sei Dank trifft mich Solon nicht. Ich rolle unter dem Stromzaun hindurch in Sicherheit. Max streckt die Arme nach mir aus und zieht mich ein Stück vom Paddock weg. Das fühlt sich fast wie eine Umarmung an. Peinlich, peinlich! Das merkt auch Max, darum lässt er mich schnell wieder los und setzt sich neben mich auf den Boden. Dabei sieht er ziemlich käsig aus.

Eigentlich würde ich ihm jetzt gerne mal ein paar Takte sagen. Zum Beispiel, wie leichtsinnig es ist, zwei Pferde zusammen auf einen Paddock zu stellen, die sich nicht kennen. Oder wie bescheuert es ist, wenn man das Ohrenspiel der Pferde nicht beobachtet. Aber ich komme nicht dazu, etwas zu sagen. Max starrt mich nämlich an und ich habe den Eindruck, dass er aus einer ganz anderen Welt zurückkommt.

»Frieda«, fragt er leise, »was ist passiert?«

Im ersten Moment bin ich sprachlos.

»Was passiert ist?«, keife ich dann. »Das würde ich auch gerne mal wissen. Weißt du nicht, wie gefährlich es sein kann, wenn man zwei fremde Pferde zusammen in einen Paddock steckt? Besonders, wenn das eine Pferd auch noch schwierig ist.«

»Ja, das ist wirklich gefährlich«, stammelt er.

Papa und der Mann, der Solon zu uns gebracht hat, schauen plötzlich aus dem Stall.

»Schreit da jemand?«, fragt Papa beunruhigt und mustert erst Max und dann mich.

Max wirft mir einen kurzen Blick zu.

»Nee, nee«, sagte ich schnell. »Es ist alles gut. Die beiden Pferde haben sich nur kurz begrüßt.«

Der Mann lacht.

»Solon hat sich bestimmt gefreut, dass ihm jemand so ähnlich sieht, oder?«

»Ja, genau«, antworte ich, bevor Max etwas sagen kann.

5. KAPITEL
IM TÖLT UNTERWEGS

Max bedankt sich nicht bei mir. Das erwarte ich auch gar nicht. Er wirkt verwirrt und irgendwie ein bisschen verloren. Immer wieder schaut er zu Solon, und auch mich lässt er nicht aus den Augen. Vielleicht hat er Angst, dass ich ihn verpetze, aber das mache ich natürlich nicht. Ich sehe ja selbst, dass es ihm leid tut. Und schließlich macht jeder mal irgendwas Blödes, das er später gerne ungeschehen machen möchte.

Nachmittags sind wir alle im Einsatz. Meike wartet auf dem Hof auf ihre Reitgruppe, die nach und nach eintrifft. Papa macht mit Solon Bodenarbeit und Tante Susi und Onkel Steffen kümmern sich um ein neugeborenes Fohlen, das in dieser Nacht zur Welt gekommen ist.

Greta und ich haben einen Ausritt geplant. Ich will mal mit Drottning ausreiten. Die Stute wird so oft als Schulpferd eingesetzt und freut sich immer, wenn sie ins Gelände kommt. Greta sattelt sich Hrina.

»Kann ich auch mit?«, fragt Paul plötzlich. Greta und ich schauen ihn verblüfft an. Er ist in letzter Zeit völlig in seinem Zimmer verschwunden.

»Ja, klar«, ruft Greta begeistert. »Lange nicht mehr draußen gesehen, Lieblingscousin.«

Paul grinst. »Dann freust du dich ja jetzt umso mehr, oder?«

»Auf alle Fälle«, lacht Greta. Auch ich freue mich. Ausritte mit Greta und Paul sind immer lustig.

Ich sehe aus den Augenwinkeln, dass Max auf dem Gatter sitzt. Er hat wieder mal seine Kapuze auf und starrt missmutig vor sich hin. Zumindest will er, dass wir das glauben. Ich kann nämlich sehen, dass er zu uns rüberguckt, wenn er meint, dass wir das nicht sehen. Okay, der Typ ist zwar nervig, aber man soll ja auch Muffeln eine Chance geben.

»Willst du nicht mit uns ausreiten?«, frage ich.

Ich höre, wie Greta leise stöhnt. Sie hat keine Lust, sich den Ausritt durch einen Schlechtelaunebär vermiesen zu lassen. Und verdammt, sie hat recht. Ich hätte ihn nicht fragen sollen. Ich will mir nämlich auch nicht die gute Laune verderben lassen.

Max kämpft mit sich. Ich habe das Gefühl, dass er gerne mitkommen will.

»Ich weiß nicht, mit welchem Pferd«, gibt er schließlich zurück. »Meine Mutter nimmt Tónn immer in Beschlag.«

Nun ist der wütende Gesichtsausdruck wieder da.

»Dann nimm doch ein anderes Pferd«, schlage ich vor.

Immer noch sieht Max aus, als hätte er Bauchschmerzen. Er schaut zu seiner Mutter, die sich wieder Tónn geholt hat. Wenn ich ehrlich bin, kann ich Max' Ärger verstehen. Tónn geht langsam und sieht sehr müde aus. Eigentlich ist er ein Pferd, das allmählich das Gnadenbrot bekommen sollte.

In dem Moment kommt Papa über den Hof.

»Kann Max ein Pferd zum Ausreiten bekommen?«, frage ich.

Papa weiß sofort, dass ich Max eine Chance geben möchte, darum lächelt er sein liebes Lächeln und nickt Max zu. »Klar. Gib ihm doch Akur. Der muss heute noch mal ein bisschen tölten.«

»Tölt? Kein Problem«, sagt Max. Er scheint sich zu freuen, eine Aufgabe zu haben. »Wer ist Akur?«

»Komm mit«, sagt Papa und geht mit Max zur Wiese hinüber. Ich sehe, dass Meike zu den beiden hinüberschaut. Sie sieht erleichtert aus.

Ich dagegen bereue es, Max gefragt zu haben. Er wirkt jetzt ganz besonders knurrig. So als müsste er mir einen Gefallen tun.

Zu viert sind wir eine halbe Stunde später im Gelände unterwegs. Ich gehe mit Drottning voran, Paul ist hinter mir, dann kommt Greta mit Hrina und Max bildet den Schluss. Wir gehen zunächst langsamen Schritt, fallen aber in einen sportlichen Walk, als der Feldweg beginnt. Nun kommt die lange gerade Töltstrecke.

»Wollen wir mal ein bisschen schneller gehen?«, rufe ich den anderen zu und gehe in den Tölt. Drottning ist eine begnadete Naturtölterin. Sie wirft die Beine nach vorne und rennt los. Plötzlich sehe ich aus den Augenwinkeln, dass Max neben mir auftaucht. War der nicht eben noch ganz hinten? Ich frage mich beunruhigt, ob er irgendwelche Probleme mit seinem Pferd hat. Dann aber erkenne ich, dass er sich tief in den Sattel gesetzt hat und die Beine gestreckt und ruhig hält. Und Akur *töltet*. Er töltet ruhig und gleichmäßig, als hätte er noch nie etwas anderes gemacht. Ich falle fast aus dem Sattel. Das kann doch nicht sein! Akur ist ein Viergänger. Die tölten nicht so einfach, und Akur schon gar nicht. Ich werde schneller. Max und Akur bleiben mit mir auf einer

Höhe und obwohl Max das Tempo erhöht, bleibt Akur im Tölt.

»Okay, das genügt«, höre ich Paul rufen. »Da hinten wird der Weg matschig. Lasst uns wieder langsamer gehen.«

Ich gebe die Zügel nach und gehe wieder Schritt und Max macht es mir nach.

»Was glotzt du so?«, fragt er genervt. »Ist was nicht in Ordnung?«

»Nein! Doch. Ich meine … ich weiß nicht«, stoße ich hervor. »Akur ist noch nie so eine lange Strecke getöltet. Er trabt immer nur.«

Max sieht mich überrascht an. Mitleid liegt in seinem Blick. »Jedenfalls bei dir, oder was?«, fragt er dann.

»Bei mir, aber auch bei meinem Vater«, erkläre ich verunsichert.

»Vielleicht seid ihr nicht so gute Reiter wie ich«, grinst Max.

»Das wüsste ich aber«, gebe ich zurück. »Du hattest nur Anfängerglück.«

»Ich würde eher sagen, das war Können!«, behauptet Max.

»Akur ist ein Viergänger. Er töltet nur, wenn er muss«, erklärt Greta.

»Aber er töltet. Jedenfalls bei mir«, grinst Max.

»Gib nicht so an«, weise ich ihn in die Grenzen. »Das liegt daran, dass ich es ihm in den letzten Tagen beigebracht habe.«

»Eben hast du aber noch etwas anderes gesagt«, gibt Max zurück.

Ich bin irgendwie sauer. Auf Max, auf mich und ganz besonders auf Akur. Was fällt diesem blöden Pferd ein, dass es ausgerechnet bei diesem Fisch töltet? Ich fühle mich verraten.

6. KAPITEL
KOPF AN KOPF MIT EINEM PFERD

Den Abend verbringe ich wieder bei Alvara, Kopf an Kopf. Diese Stunde lassen wir uns nicht nehmen. »Reitplatz« ist ihr erstes Bild. Ich sehe die Ovalbahn vor mir, kann spüren, wie sie rennt, und hören, wie sie leise schnaubt. Ja, im Rennpass zu laufen ist immer aufregend und lustig. Wir waren noch nie so schnell unterwegs. Jetzt kann ich sogar sehen, dass Meike auftaucht und uns etwas zuruft. Danach brechen wir unser Experiment ab. Ich kann spüren, dass Alvara genauso enttäuscht darüber ist wie ich. Einen Moment lang atmen wir beide ganz ruhig nebeneinander. Ich warte und spüre, dass sich ein neues Bild in meinem Kopf formt. Alvara zeigt mir das Tor mit den Flatterbändern. Sie hatte früher große Angst vor dieser Vertrauensübung, aber mittlerweile weiß sie, dass ihr die Flatterbänder nichts tun. Sie läuft sogar im Galopp durch das Tor.

»Frieda?«, höre ich plötzlich eine leise Stimme.

Ich zucke zusammen und drehe mich um. Max steht im Türrahmen.

»Du kannst es auch sehen, oder?«, fragt er.

»Was sehen?«, frage ich. Aber ich weiß plötzlich, was er meint. Ich habe ja auch mitgekriegt, dass er an seinem ersten Abend auf Hohensonne mit Tónn genauso zusammensaß wie Alvara und ich. Max hockte auf der Futterraufe, Tónn stand vor ihm, beide hatten die Köpfe aneinander gelegt und Max hatte die Augen geschlossen. Er kann die Bilder sehen, die in Tónns Kopf sind.

Ist das möglich? Als ich Papa davon erzählt habe, hat er gelacht und gesagt, dass ich mir die Bilder nur einbilde, weil ich mich so gut mit Alvara verstehe. Selbst Greta hat gesagt, dass es nur Einbildung ist. Pferde könnten nicht denken oder Bilder sehen, hat sie gesagt. Pferde hätten nur einen Instinkt, wie alle Tiere. So habe ich mich daran gewöhnt, mit niemandem über das zu reden, was ich abends mit meinem Pferd erlebe. Dass ich das jetzt ausgerechnet mit Max tun soll, irritiert mich sehr.

»Du siehst Bilder, oder?«, fragt Max unsicher.

Ich weiß nicht genau, was ich dazu sagen soll. Wir tauschen einen langen Blick. Schließlich nicke ich. »Du auch?«, will ich wissen.

Max nickt ebenfalls, aber er sieht auf einmal richtig traurig aus.

»Ich habe immer Bilder gesehen«, berichtet er. »Aber jetzt kann ich es nicht mehr.«

Er schluckt. Angst ist plötzlich in seine Augen getreten. Das macht mich unruhig.

»Was ist passiert?«, frage ich vorsichtig.

»Ich weiß nicht.« Max redet sehr leise. Kurz macht er eine Bewegung, als wollte er sich seine Kapuze wieder in die Haare schieben, aber dann lässt er die Kapuze doch wieder auf die Schulter sinken. »Ich habe immer Bilder von Tónn gesehen. Bilder von unseren Ausritten und von dem schönen Heu oder von einer Stute, die neben ihm stand.«

Jetzt bricht seine Stimme ab. Im ersten Moment habe ich Angst, dass er anfängt, zu weinen. Aber er räuspert sich schnell und fängt sich wieder.

»Und jetzt klappt es nicht mehr?«, frage ich vorsichtig.

Max zögert. »Doch«, sagt er schließlich. »Aber die Bilder sind nur noch dunkel.«

Alvara hat ihren Kopf von meiner Schulter genommen und schaut genau wie ich in Max' Richtung. Ihr Blick ist aufmerksam und klug, so als würde sie zuhören, was wir uns zu erzählen haben.

»Soll ich es mal versuchen?«, frage ich unsicher.

Max nickt. Ehrlich gesagt haut mich das fast ein bisschen um. Ich kann gar nicht glauben, dass er so viel Vertrauen zu mir hat.

Ich streichele Alvara kurz und gebe ihr einen Kuss auf die Nase. Dann springe ich von der Futterraufe und folge Max.

»Ich muss dir allerdings sagen, dass diese Sache mit den Bildern bis jetzt nur bei Alvara geklappt hat«, warne ich ihn vor, damit er sich nicht zu große Hoffnungen macht. Max seufzt leise.

»Das ist bei mir auch so«, sagt er. »Ich kann das nur bei Tónn.« Er schweigt kurz. »Und jetzt noch nicht mal bei ihm«, fügt er leise hinzu.

Max und ich gehen nebeneinander her. Erst jetzt fällt mir auf, wie groß er ist. Er überragt mich fast um eineinhalb Köpfe. Auf einmal wirkt er doch wie vierzehn Jahre.

Gemeinsam betreten wir den Offenstall, den sich Tónn und Meikes Stute Melkorka teilen. Melkorka steht draußen in einem kleinen Auslauf und versucht, ein Grasbüschel unter dem Zaun herzuknabbern. Tónn dagegen hat sich im Stall ins Stroh gelegt. Das überrascht mich ein bisschen. Alte Pferde legen sich oft nicht mehr hin. Pferde sind ja Fluchttiere und alte Tiere haben oft Angst, im Notfall nicht schnell genug fliehen zu können.

»Legt er sich immer ins Stroh?«, frage ich verwundert.

Max schüttelt den Kopf. »Auch das ist neu«, sagt er leise.

Jetzt verstehe ich seine Sorge. Tónn ist in der letzten Zeit sehr viel in Anspruch genommen worden. Vielleicht hat Max Angst, dass sein Pferd überfordert wird.

Max setzt sich auf die Futterraufe und ich suche mir einen Patz neben ihm, allerdings mit einem gewissen Abstand. Hier sitzen wir und warten.

Tónn hebt kurz seinen Kopf und schaut uns an, dann aber streckt er sich wieder im Stroh aus.

»Das macht er sonst nie«, erklärt Max. »Wenn ich hier sitze, kommt er immer zu mir. Dass er jetzt einfach so liegen bleibt …« Ich höre genau, wie Max' Stimme zittert.

»Komm, wir legen uns zu ihm«, schlage ich vor.

Max zögert, aber als ich mich neben Tónn ins Stroh lege, sucht er sich schließlich auf Tónns anderer Seite einen Platz. Wir liegen nun beide auf dem Rücken, das alte Islandpferd zwischen uns. Tónn hat sich auf den Bauch gelegt und die Beine unter sich gezogen. Er scheint ein wenig verwundert zu sein, dass wir bei ihm sind. Jetzt hebt er den Kopf. Ich halte die Luft an, denn für einen kurzen Moment schnuppert er an meinen Haaren. Dann wendet er sich Max zu und pustet seinen Atem gegen die Wange des Jungen. Ich sehe, dass Max die Augen schließt, und das tue ich auch. Für eine Weile passiert nichts. Max und ich liegen ganz ruhig da und atmen. Plötzlich fühle ich Tónns weiches Pferdemaul an meinem Ohr. Sein Atem ist ganz warm. Mein Herz klopft und ich spüre, wie er seinen Kopf auf meiner Schulter ablegt. Mein Arm beginnt zu kribbeln, aber ich bewege mich nicht. Tónn drückt seinen Kopf gegen meinen. *Atmen nicht vergessen*, sage ich mir. Ich spüre geradezu, wie ein Bild kommt. Grau sehe ich. Nur grau. Ich warte eine Weile. Das Bild löst sich auf und verschwindet. Tónns Kopf hebt sich. Für einen kurzen Moment blinzele ich und sehe, wie er seinen Kopf auf Max' Schulter legt. Max liegt ganz ruhig da und atmet.

Nach einer Weile hebt Tónn wieder den Kopf. Er schüttelt die Mähne und versucht, aufzustehen. Das gelingt ihm allerdings nicht so schnell. Mit einem Satz ist Max auf den Beinen und fasst Tónn unter den Bauch.

»Steh auf, Tónn«, sagt er leise. »Ja, so ist es gut.«

Tónn schafft es, wenn auch mit Mühe. Er steht einen Moment lang im Stall und wirkt, als würde er nachdenken. Dann geht er zu Melkorka in den Auslauf.

Zeit für mich, wieder auf die Beine zu kommen.

»Hast du etwas gesehen?«, fragt mich Max und setzt sich wieder auf die Futterraufe. Ich lehne mich gegen die Wand.

»Ich bin nicht sicher«, sage ich, denn ich will ihn auf keinen Fall beunruhigen. »Was ich gesehen habe, war eher so ein Grau.«

Max schaut mich lange an. Dann nickt er.

»Das sehe ich auch«, sagt er.

Papa ist immer eine gute Hilfe, wenn man Sorgen hat. Das mache ich Max klar und so treffen Max und ich uns im Esszimmer, um zusammen mit Papa zu reden.

»Hast du mal ein bisschen Zeit?«, frage ich in sein Arbeitszimmer hinein.

Papa hat gerade den Telefonhörer in der Hand, doch nun legt er wieder auf.

»Klar, kommt rein.«

Ich glaube, er ist ein bisschen überrascht, Max und mich so friedlich nebeneinander zu sehen.

»Was gibt es?«

Max lässt mich reden und ich erzähle Papa davon, dass Tónn einen müden und traurigen Eindruck macht, dass er viel zu oft als Therapiepferd eingesetzt wird und dass er gestern Abend nicht aus dem Stroh hochgekommen ist. Über die Bilder in seinem Kopf erzähle ich nichts. Das hätte Papa sicher nicht verstanden. Aber dass Tónn überfordert wird, hat er selbst schon gesehen.

»Setzt euch doch mal«, sagt er und schiebt uns einen Stuhl an seinen Schreibtisch. »Und dann lasst uns mal überlegen, welches Pferd sich noch als Therapiepferd ausbilden lassen könnte.«

Es ist ein gutes Gespräch, wie die meisten Gespräche mit Papa. Er ist immer ganz ruhig und sachlich und sucht nach einer Lösung. Er schlägt vor, Hrina und Fagur als Therapiepferde auszubilden. Sie sind beide schon etwas älter und werden seit einiger Zeit im Reitbetrieb eingesetzt. Max und ich versprechen, mit den Therapiepferden immer mal wieder sportlich ins Gelände zu reiten, damit sie Abwechslung haben.

Danach sind wir beide sehr erleichtert. Papa wirft einen Blick auf den Reitplan.

»Wie ich sehe, ist Tónn in einer Stunde eingeplant«, sagt er. »Dann will ich mal mit Meike reden, damit sie heute mal auf ihn verzichtet, okay?«

Max sieht richtig glücklich aus.

»Danke, Noah«, sagt er.

Papa lächelt und nickt ihm zu. Dann verlässt er den Raum. Max und ich bleiben allein zurück. Eine Weile stehen wir schweigend da und sind ein bisschen verlegen.

Ich sehe Max an, dass er sich bei mir bedanken will und nicht weiß, was er sagen soll.

»Ist schon okay«, sage ich darum schnell. »Hab ich gerne gemacht.«

Max wirft einen Blick auf das Foto von Mama, das im Regal steht.

»Das ist deine Mutter, oder?«, fragt er vorsichtig.

Ich nicke.

»Sie ist gestorben, oder? Meine Mutter hat es mir erzählt.«

Wieder nicke ich. Eigentlich möchte ich nicht über Mama reden, denn ich weiß genau, was jetzt kommt.

»Du siehst ihr sehr ähnlich«, sagt Max.

Ich seufze. »Ich weiß«, erwidere ich. »Nur dass Mama freundlich und liebevoll aussieht und ich dagegen ein patziges Gesicht habe, stimmt es?«

Max sieht mich verwundert an. Prüfend gleitet sein Blick über mein Gesicht.

»Das finde ich nicht«, sagt er dann. »Ich denke schon, dass dein Gesichtsausdruck anders ist als ihrer. Aber ich finde, dass du mutig und selbstbewusst aussiehst.«

Mutig und selbstbewusst? Das hat noch niemand zu mir gesagt.

»Danke«, murmele ich.

Und danach bin ich irgendwie ziemlich glücklich.

7. KAPITEL
VIEL LOS AUF HOHENSONNE

»Hallo, meine Fans, da bin ich wieder!«, zwitschert Franzi und winkt ihrem Smartphone zu, das sie auf sich gerichtet hat. Sie hat einen albernen Hut auf und ihre Lippen sind kirschrot.

Greta und ich warten mit unseren Pferden am Paddock auf sie. Wir haben ihr versprochen, dass sie uns in ihre Story einbauen darf. Sie hat mittlerweile viele Fans, die sich für unsere Familie und den Reiterhof interessieren. Nachdem Colin uns verlassen hat, hatte ihre Zugriffszahl einen kleinen Einbruch. Aber jetzt hat sie ihr Konzept geändert und bringt mehr über die Tiere, die bei uns sind. Das scheint viele Zuschauer wieder anzusprechen.

»Da hinten sind Frieda und Greta«, fährt Franzi fort und dreht sich so, dass ihr Handy uns beide aufnimmt. »Die beiden striegeln gerade ihre Pferde und dann wollen sie zusammen auf den Platz, oder? Erzählt doch mal.«

Franzi stolziert auf uns zu und zoomt Greta heran.

»Ja, wir wollen mal ganz entspannt über den Platz reiten«, erklärt Greta der Kamera. »Unsere Pferde sind oft im Reitbetrieb und müssen die Anfänger und diese Knallbirnen auf ihren Rücken tragen, die nichts vom Reiten verstehen …«

Ich muss mich beherrschen, um nicht laut loszuprusten.

»Stopp!«, ruft Franzi und schaltet die Kamera aus. »Das kann ich nicht senden. Meine Fans sind wahrscheinlich auch keine guten Reiter. Die fühlen sich vielleicht beleidigt.«

»Oh«, tut Greta verständnisvoll. »Dann sollte ich vielleicht nicht Knallbirnen, sondern Vollpfosten sagen, oder?«

»Das passt auf alle Fälle besser zum Thema Reitstall«, bestätige ich.

Franzi kreischt. »Ach, nun macht doch mal mit!«, jammert sie. »Ich habe gerade einen guten Lauf mit meinem Konzept. Die Leute sind ganz begeistert von all den Pferden.«

Greta seufzt. »Schon okay«, sagt sie, schaut mich an und verdreht die Augen. »Was soll ich also sagen?«

In dem Moment kommt Max über den Hof. Er hat wieder dieses grimmige Gesicht, so als hätte es den Tag davor nicht gegeben, an dem wir zusammen im Stroh gelegen und seinem Pferd gelauscht haben. Und als hätte es den Tag nicht gegeben, an dem Papa ihm versprochen hat, Tónn aus dem Reitbetrieb zu nehmen. Vielleicht ist es einfach Max' Masche, schlechte Laune zu verbreiten, damit sich alle um ihn kümmern.

Wenn er das damit erreichen will, hat er es bei Franzi geschafft. Sie rennt gleich mit ihrem Handy auf ihn zu.

»Das ist Max. Er lebt seit vierzehn Tagen mit seiner Mutter auf unserem Hof«, zwitschert sie und richtet die Kamera auf ihn. Max sieht jetzt noch angestrengter aus. Ein Griff in den Nacken und die Kapuze sitzt wieder auf seinen Haaren. Doch er hat nicht mit der nervigen Franzi gerechnet.

»Lass doch mal das Ding unten«, ruft sie und zieht ihm die Kapuze wieder ab. Jetzt zoomt sie ihn ganz dicht heran. Greta und ich sehen, wie sauer er aussieht. Greta grinst mir zu. Wird Zeit, dass ihn mal jemand ein bisschen mehr provoziert, als wir das immer machen.

»Erzähl den Fans ein bisschen von dir. Wie es dir hier gefällt und was dein Pferd so für einen Eindruck von Hohensonne hat«, schlägt Franzi vor. Sie mustert Max misstrauisch. »Du machst doch mit, oder?«

Zu meinem Erstaunen nickt Max ergeben. Franzi sieht erleichtert aus. Wieder richtet sie die Kamera auf ihn. Max schaut in das Display des Handys. Greta und ich halten in unserer Arbeit inne. Schließlich wollen wir auch hören, was Max zu sagen hat. Er hat ein provozierendes Grinsen aufgesetzt.

»Ja, hi, ich bin Max. Ich wohne jetzt hier in Hohensonne. Hohensonne ist definitiv etwas kleiner als Köln.« Er grinst und zum ersten Mal sehe ich, dass sich kleine Grübchen in seinem Mundwinkel bilden. »Hier wohnen glaube ich gerade mal dreihundert Leute und zehn davon auf diesem Hof. Es ist also ein bisschen langweilig hier. Was heißt langweilig. Es ist das ödeste Kaff, das ich je gesehen habe.«

In dem Moment sehe ich, wie ein schwarzes Etwas aus der Luft auf Max zuflattert. Ich stoße einen Schrei aus, denn es landet direkt auf Max' Kopf. Auch Max zuckt zusammen. Franzi kreischt und bestimmt fallen auch die Zuschauer augenblicklich in Ohnmacht. Max greift auf seinen Kopf und lacht.

»Ach, das ist nur Karola«, sagt er dann und hebt das Huhn hoch, um es in seine Arme zu nehmen. »Karola ist verrückt nach mir«, grinst er und fügt vergnügt hinzu: »Wie alle Mädels.« Jetzt wirft er mir einen kurzen Blick zu.

Greta und ich schauen uns wieder an. Greta verdreht die Augen.

»Die Mädels in Köln scheinen ja komisch drauf zu sein«, flüstert sie mir zu.

»Na, wenn sie so aussehen wie Karola«, gebe ich zurück. Und dann krümmen wir uns vor Lachen.

Max schaut zu uns und sein Blick wird wieder finster.

»Das war's!«, sagt er entschieden zu Franzi. »Jetzt nerv mal jemand anderes.«

Er krault Karola kurz und setzt sie ins Gras. Dann geht er fort.

»Danke für das Gespräch!«, zwitschert Franzi und wirft Max einen Handkuss aus ihren kirschroten Lippen hinterher, aber Max kriegt das gar nicht mehr mit.

»Spar dir deine Energie!«, ruft Greta ihrer Schwester zu. »Den bekommst sogar du nicht fröhlicher.«

»Der gefällt sich nämlich in der Rolle des Miesepeters«, füge ich hinzu.

Greta und ich sind mittlerweile mit dem Satteln fertig. Jetzt gehen wir mit Alvara und Fagur auf den Reitplatz, wo Papa auf Solon reitet. Papas Gesicht sieht ziemlich angespannt aus.

»Stören wir?«, will ich wissen. »Wir können auch ins Gelände gehen.«

»Oder auf die Ovalbahn«, fügt Greta hinzu.

»Nein, nein, kommt rein«, ruft Papa und macht eine Geste, damit wir das Tor zum Reitplatz schnell wieder schließen. Solon wittert nämlich bereits eine Chance, um abzuhauen. Greta und ich betrachten den schönen Mausfalben eine Weile, wie er von Papa im Trab in der Runde geritten wird.

»Geht auf den zweiten Hufschlag«, schlägt Papa uns vor. »Ich reite nicht mehr lange.«

Greta und ich lassen unsere Pferde Schritt gehen, reiten dann Schlangenlinien und Volten. Doch obwohl wir uns ganz ruhig bewegen, ist Solon wie ausgewechselt. Immer wieder versucht er anzuhalten, um hinter Alvara herzulaufen. Papa ist ziemlich genervt.

»Dieses Pferd lässt sich überhaupt nicht reiten«, flucht er. »So was habe ich schon lange nicht mehr erlebt. Der reagiert überhaupt nicht auf meine Hilfen.«

»Sollen wir mal in der Abteilung reiten?«, schlägt Greta vor. »Wir können Solon doch in die Mitte nehmen.«

»Gute Idee«, sagt Papa dankbar. Er pariert Solon durch und wartet darauf, dass Alvara vorangeht. Greta nimmt mit Fagur das Ende der Abteilung ein. Zunächst gehen wir Schritt.

»Soll ich mal schneller gehen?«, frage ich.

»Gerne«, erwidert Papa. »Tölt oder Trab, such dir was aus. Aber bleib auf dem Hufschlag.«

Ich tölte Alvara an und höre, wie auch Papa hinter mir schneller geht. Solon trabt nun. Mir fällt allerdings auf, dass er sehr dicht aufreitet.

»Meine Güte, was für ein blöder Gaul!«, höre ich Papa fluchen. »Parier mal durch, Frieda.«

Ich nehme die Zügel an und setze mich tief in den Sattel. Alvara wird langsamer. Nun allerdings rennt Solon fast in sie rein. Was dann passiert, kriege ich erst mit, als Fagur schreit. Schnell fahre ich herum.

»Was ist los?«

Aus den Augenwinkeln sehe ich, dass Solon versucht, nach Fagur zu treten. Papa ist richtig sauer.

»Geht mal in die Mitte des Platzes und haltet an«, kommandiert er. »Das kann ich nicht durchgehen lassen. Ich bin sicher, dass Solon mit mir kämpfen will.«

Schnell reiten Greta und ich in die Mitte des Reitplatzes. Ich steige vorsichtshalber ab, Greta bleibt auf Fagurs Rücken sitzen, hält aber die Zügel griffbereit. Papa trabt Solon an und besteht darauf, dass er Runde um Runde trabt. Solon schäumt und wirft den Kopf in den Nacken. Immer wieder versucht er, auszubrechen, aber Papa rahmt ihn mit den Beinen ein und treibt ihn voran. Fast habe ich ein bisschen Mitleid mit dem Pferd. Papa kann sehr streng sein, wenn ein Pferd seinen eigenen Kopf durchsetzen will. Zuletzt gibt Solon seinen Widerstand auf und läuft über den Platz, wie Papa es vorgibt.

Als Papa ihn nach einer Viertelstunde durchpariert und vom Platz reiten will, ist Solon schweißnass und wirkt immer noch sauer. Ich öffne Papa und Solon das Tor, damit sie vom Platz reiten können. Plötzlich schaut sich Solon nach mir um und ich habe das Gefühl, dass er unglaublich traurig aussieht. Aber vielleicht bilde ich mir das auch nur ein.

»Hi, Lieblingscousine. Kann ich reinkommen?«

Greta steht in meiner Zimmertür. Die Familie von Tante Susi und Onkel Steffen lebt eigentlich im Westflügel des Hofes, aber Greta geht auch in unserem Haus ein und aus, genau wie ich oft durch ihr Haus gehe.

»Klar. Ich freue mich.«

Ich klappe mein Tagebuch zu. Seit ich denken kann, schreibe ich Tagebuch, also schon eine gefühlte Ewigkeit. Meine Einträge handeln natürlich von Alvara und den Erlebnissen mit meinem Pferd. Ich trage mir aber auch ein, wann der Hufschmied da war und wann Alvara geimpft wurde oder eine Wurmkur hatte, sodass mein Tagebuch auch hin und wieder einer Dokumentation gleicht.

Greta lässt sich auf meinem Bett nieder.

»Geht dir dieser Miesepeter auch so auf die Nerven?«, fragt sie. »Der ist doch nun schon vierzehn Tage hier und immer noch macht er einen auf ›Ich bin ja so ein armes Mäuschen.

Wie konnte mich meine böse Mama zu diesen schrecklichen Menschen in dieses öde Kaff am Ende der Welt bringen?‹.«

Ich lache. »Na ja, ganz so schlimm ist es doch nicht mehr«, versuche ich ihn zu verteidigen. »Immerhin hat er schon mal gelacht.«

»Du meinst diese drei Sekunden, als Franzi gegen die Wand gelaufen ist?«

Jetzt lachen wir beide in Erinnerung an diesen Moment.

»Da hätten wir ihn fotografieren und das Foto an die Wand hängen sollen«, seufzt Greta. »Dann könnte ich hin und wieder auf das Bild blicken und muss nicht immer in seine blöde Visage gucken. Ehrlich, der hat mir schon das erste Viertel meiner Sommerferien verdorben.«

»Ach komm, Greta«, versuche ich sie zu trösten. »Wer weiß, wie es uns gehen würde, wenn wir nach Köln umziehen müssten. Da wären wir wahrscheinlich auch unglücklich.«

Greta legt den Kopf schief und betrachtet mich aufmerksam.

»Es wundert mich, dass du ihn so verteidigst«, sagt sie. Ihr Blick dringt noch tiefer in mich ein. Ich mag es nicht, wenn sie mich so ansieht. Ich habe immer ein bisschen Angst, dass sie mehr über mich weiß, als ich selbst von mir. Greta ist superschlau. Im letzten Jahr war sie Schulbeste.

»Manchmal frage ich mich, ob du dich in ihn verliebt hast«, sagt sie plötzlich.

Das ist jetzt wirklich albern. Ich muss lachen.

»Glaubst du, ich leide an Geschmacksverirrung?«, kontere ich. »Nee, nee.«

»Aber irgendwie magst du ihn trotzdem ein bisschen, oder?«, will sie wissen.

»Ach, Quatsch, wirklich nicht«, winke ich ab. »Wir haben

ein paar Sachen gemeinsam … aber vielleicht bilde ich mir das alles auch nur ein.«

»Das bildest du dir auf alle Fälle ein«, weist mich Greta zurecht. »Du bist fröhlich und klug und einfühlsam und hübsch und nett … was sollt ihr also gemeinsam haben?«

Jetzt muss ich lachen.

»Stimmt«, gebe ich zu. »Von den Seiten hat er nichts abgekriegt.« Ich lege mein Tagebuch zur Seite und springe auf. »Komm mit! Wir überlegen mal, wie wir ihn aus der Reserve locken können.«

Ich hoffe, dass sie nicht mitkriegt, wie sich das Bild von Max in mein Gedächtnis schiebt, als wir gemeinsam im Stroh lagen, Tónn zwischen uns, und versuchten, seine Bilder zu deuten.

Eigentlich war unsere Idee richtig gut. Wir haben Max eine kleine Drahtbürste in den Sportschuh geschoben. Dann testen wir den Schuh. Er fühlt sich eklig an. Als hätte sich ein kleiner Igel in Max' Schuhspitze gerollt.

»Wahrscheinlich denkt Max sofort: Das ist so typisch für dieses Kuhkaff Hohensonne, und dann wird er schreien und auf einem Bein herumhüpfen«, freut sich Greta.

»Hoffentlich ist Franzi in seiner Nähe und kann ein paar gute Filme für ihren Blog machen«, fällt mir ein.

Wir sind wahnsinnig gespannt. Um nicht aufzufallen, arbeiten wir auf dem Hof, lassen aber Max nicht aus den Augen. Da kommt er auch schon um die Ecke, ahnungslos wie ein Baby. Tónn geht neben ihm. Max begleitet sein Pferd in den Stall und kommt zurück. Greta und ich werfen uns einen verschwörerischen Blick zu. Jetzt wird es passieren.

Max braucht eine Weile, bis er sich die Reitstiefel auszieht. Jungs sind ja immer ein bisschen langsamer. Dann hüpft er ungeschickt auf einem Bein herum. Motorisch ist er also auch eine Niete.

Papa biegt auf den Hof ein. Er hat mit Solon einen Spaziergang gemacht, um ihn ein bisschen zu entspannen. Und tatsächlich sieht Solon deutlich fröhlicher aus. Er schaut zu mir herüber und ich lächele ihm zu.

»Na, geht es dir besser?«, frage ich freundlich und bilde mir ein, dass er mir zuhört.

In diesem Moment ertönt ein lauter Schrei. Solon zuckt zusammen und auch ich bin im ersten Moment irritiert. Dann sehe ich, wie Max immer noch auf einem Bein durch die Gegend hüpft. Dabei hält er den Sportschuh in der Hand.

Meike kommt aus dem Stall gestürzt, Paul schaut aus dem Fenster und Tante Susi aus der Tür. Greta kichert. Papa hält Solons Seil fester.

»Max, was ist los?«, fragt Meike erschrocken.

Mit spitzen Fingern greift Max in den Schuh und zieht die Bürste heraus.

»Ahh«, brüllt er wütend, greift die Bürste und schmeißt sie weit über den Hof. »Wollt ihr mich verarschen?«

Papa will etwas sagen, aber er kommt nicht mehr dazu. Solon reißt den Kopf hoch und zieht Papa den Strick aus der Hand. Das ist Papa bestimmt schon seit Jahren nicht mehr passiert. Ich sehe, wie er sich die brennende Handfläche hält. Dann versucht er, Solon aufzuhalten, doch Solon erkennt sofort, was er vorhat. Er schlägt aus und verschafft sich damit Abstand und Respekt. Dann dreht er sich auf der Stelle um und galoppiert wiehernd davon.

»Das kann doch nicht wahr sein!«, ruft Papa aufgebracht. »Das glaub ich einfach nicht.«

So wirklich können wir alle noch nicht glauben, was gerade passiert ist. Ich traue mich nicht, Greta anzuschauen.

»Los! Wir müssen ihn suchen!«, ruft Meike, die als erste die Fassung wiederbekommen hat.

»Der ist bestimmt zum Wald rüber«, vermutet Papa. »Da bin ich eben mit ihm langgegangen.«

Er sprintet zum Auto. Meike springt auf den Beifahrersitz und dann rasen beide davon.

Jetzt wage ich, Greta anzusehen. Max bemerkt den Blick sofort.

»Wart ihr das?«, will er wissen.

»War doch nur ein Scherz«, versucht Greta uns zu verteidigen.

»Wir wollten mal wieder deine Stimme hören«, sage ich.

Max faucht wie eine Katze. »Das habt ihr ja jetzt«, motzt er. »Hattet ihr euren Spaß?«

Greta und ich wechseln einen kurzen Blick.

»Ein bisschen schon«, muss ich zugeben und grinse. Ganz kurz nur, denn Max guckt mich an, als würde er mich töten wollen.

»Freut mich, dass ich euch unterhalten habe«, keift er. »Dein Vater ist jedenfalls sauer. Und Solon wird auch nicht ruhiger, schätze ich mal.«

Solon! Natürlich! Jetzt habe ich ein schlechtes Gewissen. Auch Greta ist anzusehen, dass sie Angst um das Pferd hat.

»Komm, wir suchen ihn«, schlägt Greta vor.

Ich nicke. Wir beeilen uns, unsere Pferde zu satteln. Plötzlich steht Max mit Tónn neben uns.

»Ich komme mit«, sagt er mir fester Stimme. »Schließlich habe ich so laut geschrien.«

Jetzt machen wir keinen blöden Spruch mehr. Im Gegenteil sind wir froh, dass Max uns begleitet. Gemeinsam reiten wir vom Hof.

8. KAPITEL
SOLON IST WÜTEND

Papa und Meike sind mit dem Auto zum Wald hinaufgefahren. Darum beschließen wir, Solon dort zu suchen, wo man nur mit Pferden hinkommt. Wir nehmen den Weg durch die Felder. Zunächst geht es den Sandweg entlang, dann reiten wir einen kleinen Hügel hinauf. Von Solon ist keine Spur zu sehen.

»Wie weit kann er gelaufen sein?«, fragt Greta beunruhigt.

»Kommt drauf an, ob er nur gerannt ist oder zwischendurch auch gefressen hat«, überlege ich. »Immerhin ist Solon ein Islandpferd. Die laufen immer nur bis zur nächsten Wiese.«

»Es sei denn, sie sind in Panik«, ergänzt Max. »Und Solon war in Panik.«

Wir sehen uns bedrückt an. Schließlich wissen wir nur zu gut, dass wir diese Panik verschuldet haben.

Plötzlich sehen wir Hufabdrücke auf dem Weg, die uns ziemlich frisch erscheinen. Okay, es sind natürlich überall Hufabdrücke zu sehen, so oft wie wir im Gelände sind, aber diese hier führen zu den Windrädern hinauf und dahin reiten wir eigentlich selten.

»Wir sollten es bei den Windrädern versuchen«, überlegt Greta. »Vielleicht ist er da.«

Wir entschließen uns, ihrem Vorschlag zu folgen. Es geht jetzt einen Wiesenweg entlang, an dem ein grüner Drahtzaun verläuft. Dahinter beginnt der Bereich der Windräder. Wir folgen diesem Zaun weiter und weiter. Plötzlich pariert Max sein Pferd durch. Wir machen es ihm nach.

»Da!«, flüstert Max und zeigt auf einen dunklen Schatten, der in der Nähe eines Zaunpfostens zu sehen ist.

»Ist das ein Pferd?«, frage ich und kneife die Augen zusammen.

Der Schatten bewegt sich. Jetzt können wir erkennen, dass das Pferd zu den Windrädern hinaufschaut, die in der Sonne rotieren.

»Das ist er tatsächlich«, murmele ich.

Greta zieht ihr Handy aus der Tasche. Sie spricht sehr leise, aber ich erkenne, dass sie Papa anruft und ihm genau berichtet, wo wir Solon gesehen haben.

»Onkel Noah ist gleich da«, flüstert sie. »Wir sollen warten.«

Wir nicken. Doch unsere Pferde werden unruhig. Sie verstehen nicht, warum wir nicht weiterreiten.

»Ich steige ab«, entscheide ich. »Sonst kann ich Alvara nicht ruhig halten.«

Die anderen entschließen sich, es auch zu tun. Jetzt sehen wir, wie ein Auto die Straße entlangkommt, die auf der anderen Seite des Zauns entlangläuft. Es ist Papa. Er kommt aus entgegengesetzter Richtung und fährt darum auf uns zu. Dann hält er in einiger Entfernung an. Gretas Handy klingelt wieder.

»Okay«, höre ich sie sagen. Und auch: »Alles klar. Machen wir.«

Dann steckt sie ihr Handy wieder in die Tasche.

»Meike und Onkel Noah gehen auf Solon zu«, sagt sie. »Wir sollen von der anderen Seite kommen.«

»Und die Pferde?«, will Max wissen.

»Einer muss hierbleiben und die Pferde festhalten«, gibt Greta die Anordnung weiter.

Wir sind einverstanden. Ich erkläre mich bereit, die Pferde festzuhalten. Jetzt kann ich sehen, wie Papa und Meike aus dem Auto steigen. Langsam gehen sie auf Solon zu und auch von unserer Seite haben sich Greta und Max auf den Weg gemacht. Alle bewegen sich langsam und leise und doch hebt Solon ganz plötzlich den Kopf und schaut in Papas Richtung. Sogar von hier aus kann ich erkennen, dass er die Ohren anlegt.

Solon dreht sich herum und sieht Max und Greta auf sich zukommen. Man kann ihm ansehen, dass er erneut in Panik gerät. Er schaut von Papa zu Meike, dann fährt sein Kopf herum und er blickt zu Max und Greta. Papa ruft eine Anweisung und alle gehen schneller auf Solon zu. Sie breiten dabei die Arme aus, um ihn zu begrenzen. Solon weicht nach links aus, wo das Windrad steht und der grüne Zaun das Areal der Windräder einschließt. Doch hier kann er nicht weiter, das scheint er selbst zu merken. Die anderen werden schneller, Papa und Meike laufen sogar. Doch kurz bevor sie bei ihm sind, stößt Solon ein lautes Wiehern aus und dann rennt er los. Er läuft direkt auf mich zu.

Im ersten Moment bin ich verwundert, fast sogar erfreut, dass er mir in die Arme laufen will, dann aber sehe ich, dass er wütend mit den Augen rollt. Schaum hat sich in den Winkeln seines Mauls gebildet. Im wilden Galopp hält er direkt auf mich zu. Papa ruft etwas, Greta schreit und ich kapiere, dass ich in Gefahr bin. Schnell lasse ich die Pferde los, die sofort das Weite suchen. Dann ist Solon bei mir. Er pariert direkt vor mir durch, seine Brust schnellt vor und er stößt er mich mit seinem Körper hart zu Boden. Ich versuche, mich mit dem rechten Arm abzufangen, und lande auf dem Rücken. Solon beugt sich über mich. Ich spüre sein Maul an meinem Ohr. Sein Atem geht laut und unruhig und für einen kurzen Augenblick bilde ich mir ein, dass er mich fressen will. Die Haare meines Körpers stellen sich senkrecht auf und eine wahnsinnige Gänsehaut überzieht meinen Körper.

Doch da ist Papa schon bei ihm, fasst Solon am Halfter und reißt ihn von mir weg.

»Hoo, ruhig, gaaanz ruhig!«, höre ich ihn sagen.

Ich liege immer noch völlig verwirrt auf dem Boden und versuche, mein klopfendes Herz zu beruhigen.

»Ich habe ihn, Frieda«, sagt Papa. »Keine Angst, ich habe ihn.«

So langsam erwache ich aus meiner Schockstarre und richte mich auf.

»Hast du dir wehgetan?«, fragt Meike beunruhigt.

»Das hat echt gefährlich ausgesehen!«, regt sich Max auf. »Ich dachte echt, der will dich fressen. Aber dann ist mir eingefallen, dass Pferde Vegetarier sind.«

»Oh, stimmt«, seufze ich erleichtert. »Das hatte ich komplett vergessen.«

Ich reibe mir meinen Kopf. An der Schläfe bildet sich eine dicke Beule. Die ist wahrscheinlich von Solons Kopfnuss.

»Du siehst ziemlich fertig aus«, mein Greta.

»Danke«, gebe ich zurück. »Du bist auch ziemlich käsig.«

Ich schaue zu Solon, den Papa fest am Halfter hält. Er sieht ebenfalls verwirrt und ängstlich aus. Die anderen Pferde kommen allmählich zu uns zurück. Alvara ist die erste, die bei mir ist und mich mitleidig beschnuppert. Ich rappele mich auf und streichele sie.

»Keine Angst«, sage ich. »War nur ein ungeschickter Pferdekuss.«

»Hat aber ganz schön gescheppert«, bemerkt Max.

Ich finde schon, dass er etwas mitleidiger sein könnte. Aber Jungs und Einfühlsamkeit sind ja zwei weit auseinanderliegende Planeten. Immerhin, dieses Erlebnis hat uns irgendwie zusammengeschweißt. Max, Greta und ich stehen plötzlich zusammen, als wären wir immer schon Freunde gewesen. Vielleicht liegt es daran, dass niemand dem anderen Vorwürfe macht, sondern dass wir gemeinsam versucht haben, den Schaden wiedergutzumachen.

»Lasst uns zurückgehen«, schlägt Papa vor. »Meike, kannst du den Wagen fahren?«

Meike nickt und geht zum Auto zurück. Wir anderen machen uns zu Fuß auf den Rückweg.

An diesem Abend werden die beiden Pferde von Max und seiner Mutter in die große Herde integriert. Papa will nämlich den großen Quarantänestall für Solon frei haben. Solon ist kein Pferd, das man zu anderen Pferden stellen kann. Das hat man heute Nachmittag deutlich sehen können.

Ich freue mich für Tónn, dass er nun nicht mehr mit Melkorka allein stehen muss. Islandpferde stehen viel lieber in einer großen Herde. Aber Papa und Meike wollen nichts riskieren. Sie treiben die Herde zunächst auf die große Wiese hinter dem Stall und lassen dann Tónn und Melkorka dazulaufen. Zunächst ist die Herde ein wenig unruhig, doch Alvara bahnt sich ihren Weg zu Tónn durch und schnuppert an ihm. Es dauert nur kurze Zeit, dann knabbert Alvara an seinem Hals.

Wie immer gehe ich nach dem Essen noch zum Stall hinunter, um Alvara gute Nacht zu sagen und die Bilder in ihrem Kopf mit ihr zu teilen. Diesmal aber sitzt Max auf der Futterraufe. Das ist mir überhaupt nicht recht. Dieser Platz gehört mir und mein Ritual will ich mir nicht von Max nehmen lassen.

»He, keine Angst!«, ruft Max mir zu. Wahrscheinlich habe ich gerade ein ziemlich genervtes Gesicht gemacht. »Ich nehme dir den Platz nicht weg. Ich sitze hier einfach nur und beobachte die Pferde. Aber ich weiß, dass dieser Platz abends dir gehört.«

Ich bin froh, dass er das sagt, und setze mich neben ihn.

»Wie geht es Tónn?«, frage ich. »Fühlt er sich in diesem Offenstall wohl?«

»Bestimmt«, sagt Max. »Er schnuppert an jedem Pferd, das ihm entgegenkommt, und eigentlich sieht er richtig glücklich aus.« Max lächelt und sieht ebenfalls glücklich aus. »Übrigens wollte ich mich noch bei dir bedanken«, sagt er nun. »Einmal, dass du mich nicht verpetzt hast, als ich mit Tónn zu Solon gegangen bin, und einmal, dass du mit deinem Vater gesprochen hast. Tónn ist viel entspannter geworden, seit er nicht mehr diese ewigen Therapiestunden laufen muss.«

»Das freut mich«, sage ich.

Max nickt mir zu. »Aber ich verschwinde erst mal. Ich suche mir vielleicht einen Platz auf dem Gatter am Offenstall.«

»Danke«, erwidere ich und bin echt erleichtert.

Vielleicht überlege ich mir das mit den Jungs und der Einfühlsamkeit noch mal. Offenbar steckt ja in Max doch ein kleiner Funke davon.

Gerade will Max von der Futterraufe springen, da drängelt sich Tónn in den Stall hinein und schaut sich um. Als er Max entdeckt, kommt er auf ihn zu. Max hält in der Bewegung inne und zieht sich langsam auf die Futterraufe zurück. Ich halte die Luft an und sehe, dass Max überrascht wirkt. Denn jetzt legt Tónn seinen dicken Kopf auf Max' Schulter und schnuppert an seinen Haaren. Ich bewege mich nicht. Auch Max sitzt ganz still. Tónn lehnt seinen Kopf an Max' Kopf und schließt die Augen. Max' Gesicht kann ich nicht erkennen, aber ich kann mir denken, dass er ebenfalls seine Augen geschlossen hat. Wahnsinn, dass es einen Menschen gibt, der Pferde genauso fühlen kann wie ich. Dass dieser Mensch ausgerechnet Max ist, hätte ich nie gedacht.

Unentschlossen sitze ich auf der Futterraufe und wage es nicht, mich zu bewegen. Ich möchte diesen Moment zwischen Tónn und Max nicht stören, auch wenn ich so gerne ebenfalls mein Einschlafritual mit Alvara haben möchte. Doch jetzt sehe ich, wie Alvara zu mir herüberkommt. Sie schaut etwas verwundert zu Max und Tónn, dann aber drängt sie sich weiter zu mir durch und ehe ich mich versehe, liegt ihr Kopf auf meiner Schulter.

Ich bin noch ein bisschen angespannt. Das geht mir alles zu schnell. Immer habe ich hier abends allein gesessen und die Ruhe und das Alleinsein mit meinem Pferd genossen. Jetzt habe ich Mühe, mich mit Max und Tónn an meiner Seite zu konzentrieren. Alvara dagegen scheint es gar nichts auszumachen.

Das erste Bild, das sie mir schickt, ist von Tónn. Ich sehe es aus ihrem Blickwinkel, kann genau erkennen, wie er neben ihr steht. Es scheint ihr zu gefallen.

Danach schickt sie mir das Bild von Solon, der über den Paddock gerannt ist und Tónn vor sich hergetrieben hat. Ich kann Tónns Panik ganz klar aus ihrer Perspektive erkennen. Das Bild ist zwar stumm, trotzdem bilde ich mir ein, seinen Schrei noch einmal zu hören.

Die Bilder kommen jetzt in schnellem Tempo. Ich sehe das Windrad vor mir und Solon, wie er da steht und zu den Rotorblättern hinaufsieht. Dann erlebe ich noch einmal, wie er sich umschaut und auf mich zurennt. Aus Alvaras Perspektive sehe ich, wie er mich umwirft und seinen Kopf gegen meinen schlägt. Sofort spüre ich meine Panik noch einmal. Auch meine Beule schmerzt erneut. Dann kommt das Bild, wie alle um mich herumstehen und auch Alvara langsam zu mir kommt. Ich kann spüren, dass sie froh ist, weil mir nichts passiert ist. Diese Bilder machen mich sehr glücklich. Das liegt gar nicht mal daran, dass ich mit einem blauen Auge aus der Situation herausgekommen bin, vor allem freue ich mich, dass ich Alvara so viel bedeute. Sie hatte richtig große Angst um mich, das kann ich ganz deutlich nachempfinden. Jetzt drückt sie ihren Kopf noch dichter an meinen und auch ich schmiege mich enger an sie. Einen Moment befinden wir uns ganz ruhig nebeneinander. Ich spüre ihren warmen Atem an meinem Ohr. Kommt noch ein Bild? Ja. Jetzt schickt sie noch ein letztes Bild und mir wird ganz warm im Bauch. Das letzte Bild bin ich, die da auf der Futterraufe sitzt und auf sie wartet.

Dann löst sich Alvara von mir. Ich öffne die Augen und wir schauen uns lange und liebevoll an. Dann streichele ich ihr die Stirn unter den dichten Mähnenfransen und gebe ihr einen liebevollen Abschiedskuss. Nun dreht sich Alvara um und geht langsam aus dem Stall in den Auslauf zurück. Einen Moment sitze ich noch bewegungslos da, dann drehe ich mich zu Max um. Er sitzt allein auf der anderen Seite der Futterkrippe und beobachtet mich aus den Augenwinkeln. Tónn ist schon gegangen.

»Die hatte heute aber viel zu erzählen«, schmunzelt er.

»Das stimmt«, sage ich und muss lachen. »Ein Bild nach dem anderen. Sie hat heute richtig viel erlebt.« Ich betrachte Max aufmerksamer. Er sieht vergnügt aus. »Und wie war es bei dir?«, will ich wissen.

Max lächelt. »Aus dem Grau ist ein Grau mit kleinen Punkten geworden«, berichtet er. »Ich kann allerdings noch nichts erkennen. Es sieht aus, als würde man durch ein Fenster schauen, auf dem viele Regentropfen zu sehen sind. Aber das Bild, was dahinter liegt, ist bunt.«

»Das hört sich gut an«, stelle ich fest und Max nickt. »Ich bin jedenfalls sehr froh über die Veränderung«, sagt er.

Eine Weile sitzen wir schweigend nebeneinander. Es irritiert mich, dass wir uns plötzlich so nahe sind. Ich spüre, dass Max noch etwas auf dem Herzen hat. Darum warte ich.

»Gestern ist mir etwas Komisches passiert«, beginnt Max schließlich. »Was heißt komisch, es war eigentlich richtig unheimlich.«

Er schweigt einen Moment. Ich spüre, dass er schneller atmet.

»Ich verstehe nicht, warum ich das Tor zum Paddock geöffnet habe«, sagt er plötzlich. »Ich weiß doch auch, dass man nicht einfach zwei Pferde auf so einem kleinen Raum zusammenstellt, die sich nicht kennen. Erst recht nicht, wenn das eine Pferd auch noch ein Problempferd ist.«

»Aber du hast es trotzdem gemacht«, sage ich.

»Und genau das verstehe ich nicht!«, ruft Max aufgeregt. »Ich kapiere überhaupt nicht, was in mir vorgegangen ist. Ich weiß noch, dass ich Tónn auf die Wiese bringen wollte und an diesem Paddock vorbeikam. Ich erinnere mich auch, dass Solon zum Tor kam und seinen Kopf über den Stromzaun gesteckt hat. Und danach hatte ich irgendwie einen Blackout.

Ich weiß nur noch, dass jemand geschrien hat. Dann hat ein Pferd gewiehert. Und plötzlich merke ich, wie ich da mitten im Paddock stehe, und Tónn wird wie ein Verrückter gejagt.«

Ich betrachte Max von der Seite. Er sieht sehr bedrückt aus.

»Das ist wirklich seltsam und unheimlich, aber du musst auch sehen, dass du im Moment ziemlich angespannt bist. Du bist umgezogen, du hast ein neues Haus, eine neue Umgebung, eine Familie um dich herum, die dir vielleicht ein bisschen auf die Nerven geht …« Ich versuche, eine Erklärung zu finden.

»Das stimmt«, grinst Max und jetzt sehe ich wieder, wie sich die kleinen Grübchen bilden.

»Und dann auch noch deine Sorge um Tónn. Da kann es doch passieren, dass man sich mal nicht konzentriert«, fahre ich fort.

Max nickt. Er sieht erleichtert aus.

»Du hast recht«, meint er. »Ich habe ziemlich viel um die Ohren.«

Einen Moment denkt er nach. Dann schaut er mich direkt an.

»Wollen wir mal nachschauen, wie es Solon geht?«, fragt er.

»Gute Idee«, sage ich.

Wir springen beide gleichzeitig von der Futterraufe.

Am Stall ist es ruhig. Nur zwei Reiter stehen noch im Hof und satteln ihre Pferde. Sie wollen in den Abendstunden noch einen kleinen Ausritt machen. Als sie Max und mich sehen, winken sie mir zu.

Der Quarantänestall liegt neben der Reithalle. Schon von

Weitem kann man erkennen, wie unruhig Solon ist. Er rennt durch den Auslauf, geht dann in den Stall, um nach kurzer Zeit wieder rauszukommen. Sein Heu hat er bis jetzt nicht angerührt. Als er uns sieht, läuft er zum Tor des Auslaufs. Wahrscheinlich hofft er, dass wir ihn befreien.

»Schade, dass er so allein ist«, meint Max. »Es gibt nicht viele Pferde, die allein sein können. Gerade Islandpferde nicht.«

»Ja. Echt blöd«, stimme ich zu. »Wir müssen mal rauskriegen, ob er früher mit einem anderen Pferd zusammenstand. Aber so, wie er sich gestern bei Tónn verhalten hat, kann man kein Pferd dazustellen.«

»Stimmt«, nickt Max. Er sieht sehr bedrückt aus. Bestimmt denkt er noch einmal an diesen gefährlichen Nachmittag.

»Übrigens ist mir heute noch ein seltsamer Gedanke gekommen«, sagt Max plötzlich. Er schaut mich nicht an. Offenbar ist es ihm peinlich, was er mir sagen möchte. »Als dich Solon heute umgeworfen hat und sich dann so wild über dich gebeugt hat, als wollte er dich fressen ...« Max zögert einen Moment. Jetzt wagt er doch einen Blick zu mir rüber, »... da ... also, ich hatte im ersten Augenblick das Gefühl, er will dir etwas mitteilen.«

»Mitteilen? Wie meinst du das?«, frage ich irritiert.

»Na, so wie Tónn und Alvara das auch machen. Mit seinem Kopf an deinem Kopf.«

Ich muss lachen und reibe mir meine Beule. »Scheint ihm aber ein bisschen misslungen zu sein, oder?«, überlege ich.

Max grinst. »Ja, ist ja sicher auch nur Quatsch«, sagt er. »War nur so eine Idee.«

Jetzt sind wir bei Solon angekommen und Max streckt seine Hand nach dem Pferd aus. Solon kommt näher, aber nicht so nah, dass Max ihn berühren kann.

»Er scheint lieber auf Distanz zu bleiben«, stelle ich fest.

Max lässt den Arm sinken. Ich sehe, wie er den Kopf senkt und auf den Boden blickt. Sofort mache ich es ihm nach, denn ich weiß, dass ängstliche Pferde den direkten Blick nicht aushalten können. Eine ganze Weile stehen Max und ich da, ganz still und mit gesenktem Blick. Es dauert einige Minuten, dann macht Solon einen Schritt auf uns zu. Immer noch stehen wir bewegungslos da. Ich bin froh, dass auch Max weiß, was zu tun ist, und ich mich gar nicht mit ihm absprechen muss.

Noch einen weiteren Schritt geht Solon auf uns zu. Dann hält er erneut an und überprüft, ob er nicht zu weit gegangen ist. Immer noch bewegen Max und ich uns nicht.

Plötzlich schießt Solons Kopf vor. Sein Atem streift meine Haare. Als er die Berührung spürt, springt er erschrocken wieder einen Schritt zurück. Offenbar hat er das Gefühl, zu weit gegangen zu sein. Da ich mich nicht bewege, traut er sich langsam wieder in meine Richtung. Ich schließe die Augen. Vielleicht fühlt er sich sicherer, wenn er weiß, dass ich ihn ganz bestimmt nicht anschaue.

»Vorsicht, Frieda«, zischt Max plötzlich. Ich reiße die Augen auf, schaue Solon an und sehe jetzt deutlich, dass er wütend auf mich ist. Die Ohren sind nach hinten gelegt, sein Blick ist misstrauisch.

»Wir sollten ihn lieber in Ruhe lassen«, sagt Max leise. »Er ist unglaublich sauer auf uns Menschen.«

Ich nicke und gehe ebenfalls einen Schritt zurück. Aber es tut mir leid, Solon allein zu lassen. Er wirkt so unglaublich traurig.

»Schade, dass er nicht merkt, wie gerne wir ihn mögen und dass wir ihm gerne helfen wollen«, seufze ich.

Max nickt. Ich habe das Gefühl, dass er ebenfalls traurig ist.

Allerdings bin ich mir nicht sicher, ob es wirklich so ist oder ob es nur Max' typisches Muffelgesicht ist. Auf alle Fälle berührt es mich, dass Max und ich so viele Gemeinsamkeiten haben. Auch wenn wir eigentlich gar nichts miteinander zu tun haben wollen.

9. KAPITEL
BILDER VON SOLON

»Frieda?« Max' Stimme reißt mich mitten aus dem Schlaf. Ich fahre aus dem Bett hoch und bilde mir ein, geträumt zu haben. Doch als ich mir die Augen gerieben habe, sehe ich Max tatsächlich vor mir. *Max!*

Der wohnt doch im Ferienhaus. Was macht er denn hier?, frage ich mich.

»Was willst du?«, brumme ich verschlafen. »Weißt du nicht, wie spät es ist?«

»Doch«, flüsterte Max. »Aber es ist etwas Schlimmes passiert. Solon ist weg.«

Solon ist weg? Das kapiere ich jetzt überhaupt nicht mehr.

»Dann musst du zu Papa laufen!«, rufe ich verstört.

Max sieht hektisch aus.

»Bitte nicht«, flüstert er. Und als er mir ansieht, dass ich nur noch Bahnhof verstehe, fügt er hinzu: »Ich glaube nämlich, dass ich ihn freigelassen habe.«

»Du? Aber wieso denn? Hast du sie nicht mehr alle?«, rege ich mich auf, doch ich sehe, dass Max nahe davor ist zu weinen.

»Weiß ich auch nicht«, flüstert er.

Mir fällt ein, dass er schon einen Tag vorher etwas getan hat, an das er sich nicht mehr erinnern konnte. Vielleicht hat dieser Typ einen Gedächtnisverlust. Das soll es geben. Meine Omi behauptet immer, sie hätte so etwas, wenn sie mal wieder nach ihrer Brille sucht. Max allerdings ist noch ein bisschen zu jung für diese Alterserscheinungen, aber man weiß ja nie.

»Bitte, Frieda, hilf mir. Wir müssen ihn suchen«, stößt Max nun ängstlich hervor.

Gutmütig wie ich bin, schlage ich meine Decke zurück und hänge die Beine aus dem Bett.

»Geh schon mal runter und hol die Fahrräder«, ordne ich an. »Ich bin in fünf Minuten da.«

Max dreht sich auf der Stelle um und hechtet aus dem Zimmer. Ich sitze einen Moment auf meiner Bettkante und versuche, einen klaren Gedanken zu fassen. Muss ausgerechnet ich diesem muffeligen Typen aus der Patsche helfen? Und das an einem Sommerferientag kurz vor Sonnenaufgang? Ich bin eindeutig zu gut für diese Welt!

Max hat bereits die Räder aus dem Schuppen geholt und wartet auf mich. Mir geht das alles ein bisschen zu schnell. Ich bin immer noch verwirrt, aber ein Blick auf den Quarantänestall sagt mir tatsächlich, dass Solon weg ist. Die Griffe des Stromzauns baumeln nämlich über dem Zaunpfahl. Außerdem ist Solon nicht zu sehen.

»Woher weißt du, dass du das gemacht hast?«, frage ich, während ich mich auf mein Rad setze und losstrampele. Max schmeißt sich neben mir in den Fahrradsattel. Gemeinsam schlagen wir den Feldweg ein. Es ist noch ziemlich kühl draußen. Tau liegt auf den Feldern, aber die Sonne lugt allmählich hinter dem Horizont hervor. Es ist bestimmt noch nicht mal vier.

»Ich weiß es nicht genau«, murmelt Max bedrückt. »Aber ich habe von Solon geträumt. Plötzlich bin ich mit einem Schrecken wach geworden und dann stand ich draußen am Stall. Ich habe mich ganz verwirrt umgeguckt und habe gesehen, dass Solons Elektrozaun auf ist.«

»Aber das heißt doch nicht …«, versuche ich ihn zu beruhigen, während ich den Berg hochstrampele. Max ist eindeutig sportlicher als ich. Er hat keine Mühe, mit seinem Rad neben mir zu bleiben.

»Nein, natürlich nicht«, sagt er. »Aber vorgestern habe ich auch Mist gebaut und wusste gar nicht mehr, wie ich dazu gekommen bin. Ich scheine irgendwie so eine … eine Störung oder so etwas zu haben. Was meinst du?« Max sieht mich nicht an. Seine Stimme klingt belegt. Er tut mir leid.

»Vielleicht hast du eine Persönlichkeitsspaltung oder so was«, diagnostiziere ich, während ich versuche, mit ihm Schritt zu halten. »Ich habe so was mal in einer Talkshow gesehen. Da hatte sich eine Frau in drei Personen aufgeteilt. Und sie hatte keine Ahnung, was die anderen Personen machten, in die sie sich aufgespaltet hatte.«

»Oh mein Gott!«, murmelt Max und tritt noch schneller in die Pedale. Ich kann kaum noch mithalten.

»Nimm's nicht tragisch«, versuche ich, das locker zu sehen. »Dann hat Franzi noch einen Typen mehr für ihren Blog.« Ich spüre Stiche in der Brust und in der Seite. »Kannst du mal ein bisschen langsamer fahren? Ich falle gleich tot vom Rad.«

Jetzt dreht sich Max zu mir um. Mein Gesicht ist heiß und Schweiß hat sich auf meiner Stirn gebildet. Wahrscheinlich bin ich feuerrot.

»Oh, Frieda, Entschuldigung!«, ruft Max erschrocken. Er nimmt sein Tempo zurück.

»Wohin fahren wir eigentlich?«, will ich wissen. »Zu den Windrädern?«

Max nickt. »Ich habe so ein Gefühl, dass er dort sein könnte, oder?«

»Glaube ich auch«, erwidere ich. »Er hat gestern so einen verklärten Eindruck gemacht, als er vor den Windrädern stand.«

»Zumindest wüsste ich sonst nicht, wo ich ihn suchen sollte«, meint Max.

Wir sind jetzt an dem Zaun angekommen, der zu den Windrädern führt. Nun ist nur noch ein kleines Stück zu fahren. Max wird wieder schneller, aber diesmal kann ich mithalten.

»Da ist er. Siehst du? Neben dem Baum.«

Ich springe vom Fahrrad und Max steigt ebenfalls in die Bremsen. Wie am Tag zuvor steht Solon vor dem ersten Windrad und schaut auf die rotierenden Blätter. Ohne dass wir uns abgesprochen haben, legen Max und ich die Fahrräder ins Gras.

»Solon?«, fragt Max leise.

Solon fährt herum. Dann legt er die Ohren an und fixiert mich.

Oh nein! Ich weiß genau, was jetzt wieder passieren wird. Auch Max sieht es voraus.

»Frieda, pass auf! Der will wieder zu dir. Setz dich ins Gras. Schnell«, ruft er.

Ich sehe, wie Solon mit seinem Körper herumfliegt. Dann galoppiert er los. Direkt auf mich zu. Ich werfe mich auf der Stelle ins Gras. Max springt zu mir herüber, um Solon aufzuhalten, doch das Pferd hält direkt auf mich zu. Ich ziehe meine

Beine dicht an meinen Körper und schütze meinen Kopf mit den Händen.

»Hooo! Ruhig, Solon. Gaaanz ruhig!«, höre ich Max' Stimme.

Solon ist jetzt direkt vor mir. Seine Hufe treten nur Millimeter an meinen Beinen vorbei. Dann spüre ich sein Maul an meinem Ohr. Er keucht. Sein Atem ist warm. Wieder kriecht eine Gänsehaut über meinen ganzen Körper. Mit meinen Händen schütze ich meine Schläfe, damit er mir nicht wieder eine Kopfnuss geben kann. Aber auch Max' Hände sind da. Er schützt meinen Kopf ebenfalls. Dann greift er in Solons Mähne und hält seinen Kopf fest.

»Ruhig! Ruhig!«, redet er mit Solon. »Sie hört dir ja zu. Aber du musst vorsichtiger sein.«

Solon schnaubt. So dicht an meinem Ohr hört er sich an wie ein Bär, der seit Monaten nichts mehr zu fressen gekriegt hat.

»Laaangsam!«, mahnt Max. Seine Stimme klingt streng. Und tatsächlich bemüht sich Solon, vorsichtiger zu sein. Ich spüre, wie seine Mähne an meinem Haar reibt. Dann drückt er seinen Kopf gegen meinen und hält ganz still. Ob er tatsächlich will, dass ich die Bilder in seinem Kopf lese? Das wäre doch zu komisch. Woher will er denn wissen, dass ich das kann? Und kann ich das überhaupt? Eigentlich gelingt es mir doch nur bei Alvara. Solon drückt seinen Kopf fester an meine Schläfe und reibt ihn gegen meine Haut, als könnte ich auf die Weise seine Bilder besser sehen. Dann hält er wieder still.

Ich schließe die Augen und atme. Wenn ich ehrlich bin, sehe ich nichts. Ich fühle eigentlich nur eine große Unruhe und die sieht aus wie eine rote Fläche.

»Ruhig. Ruhig. Sie versucht es ja«, höre ich Max' Stimme.

Wieder vernehme ich dieses verzweifelte Schnauben. Mir wird ganz warm. Ich kann Solons Verzweiflung spüren. Und ganz plötzlich sehe ich etwas. Es scheint sich aus der roten Fläche herauszuarbeiten. Fast sieht es aus wie ein Auge.

Ich halte ganz still und atme in dieses Bild hinein. Auch Solon scheint ganz viel Konzentration in das Bild zu legen. Das Auge wird deutlicher. Es ist das Auge eines Pferdes. Ich sehe einen dunklen, nicht ganz runden Augapfel, eingerahmt von Augenlidern und langen hellbraunen Wimpern. Doch bevor ich das Bild genauer betrachten kann, verschwimmt es wieder. Solon atmet ruhiger. Dann hebt er seinen Kopf von meiner Schulter und richtet sich wieder auf.

Ich sehe, wie Solon zu Max schaut. Der streichelt seinen Kopf.

»Gut gemacht«, sagt er liebevoll. »Wir verstehen dich.«

Solon schaut jetzt so vertrauensvoll zu Max, dass mir ganz warm wird. Er ist überhaupt nicht mehr das unruhige Pferd, das in alle Richtungen ausgeschlagen und alle um sich herum verrückt gemacht hat. Im Gegenteil wirkt er plötzlich niedergeschlagen. Langsam stehe ich auf und streichele Solon ebenfalls. Er schaut mich aufmerksam an. Auch Max betrachtet mich neugierig.

»Hast du etwas gesehen?«, fragt er.

Ich nickte. »Erst habe ich nur eine rote Fläche gesehen«, berichte ich. »Aber daraus hat sich ein Auge geformt.«

»Ein Auge?«, wundert sich Max.

Solon schaut mich kritisch an. Ich bilde mir ein, dass er mir zuhört.

»Ein Pferdeauge«, fahre ich fort. »Ein dunkles Pferdeauge mit hellbraunen langen Wimpern. Verrückt, oder?«

»Gar nicht verrückt«, meint Max. »Vielleicht gibt es ja jemanden, den er sehr mag. Wäre doch möglich, oder?«

»Klar«, erwidere ich. »Vielleicht gibt es an dem Stall, an dem er war, ein Pferd, mit dem er immer zusammengestanden hat. Und jetzt kann er die Trennung nicht aushalten.«

»Das können wir rauskriegen«, freut sich Max. Fröhlich wuschelt er Solon durch die Mähne. »Keine Angst, mein Freund. Wir kriegen das hin. Wir können dir helfen.«

Plötzlich sieht Solon sehr glücklich aus.

»Ob er das alles versteht?«, wundere ich mich.

»Wäre schon komisch«, antwortet Max. »Aber man hat den Eindruck, dass er es tut.«

Plötzlich wird uns bewusst, wie hoch die Sonne schon am Himmel steht.

»Wir sollten uns beeilen«, fällt Max ein. »Muss ja nicht jeder mitkriegen, dass wir hier draußen bei den Windrädern rumlaufen und ein Pferd einfangen.«

»Schon gar nicht, wenn es einer von uns gewesen ist, der das Pferd freigelassen hat«, füge ich spöttisch hinzu.

Max gibt einen Ton von sich, der sich wie ein Grunzen anhört. Aber er weiß, dass ich recht habe. Wenn jemand das erfährt, würde es ziemlich Ärger geben.

Ich nehme Solon am Halfter mit, Max schiebt die beiden Räder, und so kommen wir nach einiger Zeit wieder am Hof an. Alles ist noch ruhig. Nur Karola macht ein bisschen Lärm, als sie Max sieht. Aber die Hühner drehen ja gerne mal durch.

Schnell bringen wir Solon in den Stall zurück. Er wirkt jetzt müde und erschöpft nach dem wilden Ausbruch.

Dann helfe ich Max, die Räder in den Schuppen zurückzubringen. Plötzlich schaut mich Max an.

»Übrigens wollte ich dir noch etwas sagen, Frieda«, murmelt er und sieht ein bisschen verlegen aus. »Ich habe mich euch gegenüber ziemlich blöd benommen.«

»Kann man sagen«, grinse ich.

»Es tut mir leid«, fährt er fort. »Entschuldige bitte. Ich … es … eigentlich gefällt es mir ziemlich gut hier in Hohensonne«, sagt er und ergänzt ganz schnell: »Und dich finde ich auch sehr nett.«

Ich sehe, dass es ihn Überwindung kostet, das zu sagen, und darum freue ich mich umso mehr, dass er sich getraut hat.

»Danke«, erwidere ich. »Ebenso«, füge ich noch hinzu. Hätte sich ja ein bisschen albern angehört, wenn ich ihm gesagt hätte, dass ich ihn auch mag.

»Noah, kommst du klar?« Meike blickt vom Hof aus auf den Reitplatz. Greta, Max, Paul und ich stehen gerade zusammen und planen einen Ausritt. Jetzt geht unser Blick natürlich zu Papa hinüber, der mit Solon auf dem Platz ist. Papa trabt, schafft aber nur ein paar Meter. Dann bleibt Solon stehen, tänzelt und macht ein paar Trabsprünge in der Luft, als wollte er eine Piaffe machen. Richtig beeindruckend sieht das aus. Diese Dressurübung ist nämlich ganz große Kunst. Dabei werden Trabbewegungen auf der Stelle ausgeführt. Es gibt nicht viele Pferde, die das können. Doch bevor ich Solon richtig bewundern kann, bleibt er wieder stehen, bockig wie ein kleines Kind.

»Das gibt's doch nicht! Wer hat den denn geritten?«, regt sich Papa auf und reitet erneut an. Das Schauspiel wiederholt sich nach weiteren zwei Metern. Jetzt dreht sich Solon sogar auf der Stelle und versucht, auf die andere Hand zu wechseln.

Meike geht zum Reitplatz hinüber und Paul, Max, Greta und ich folgen ihr. In einer langen Reihe stellen wir uns am Gatter auf und schauen zu. Papa treibt Solon jetzt strenger voran und schafft es, dass er eine ganze Bahn hindurch trabt.

An der Ecke aber hat ihn sein Böckchen wieder eingeholt. Er tänzelt auf der Stelle, dreht sich und wiehert.

»Wow, Noah. Man könnte meinen, du wärst ein Anfänger!«, lacht Meike. »Du wirst es doch wohl schaffen …«

Wieder tänzelt Solon. Dann rennt er plötzlich los und reißt seinen Oberkörper von links nach rechts. Papa lacht, aber es klingt ein wenig angestrengt.

»Das Pferd scheint ein paar grundlegende Probleme zu haben«, sagt er. »Willst du es mal versuchen?«

Meike kriecht unter dem Stromzaun durch und übernimmt Solon. Papa stellt sich neben sie und schaut zu.

»Gib die Zügel ein bisschen weiter vor«, schlägt er vor. »Und lass die Gerte weg. Ich glaube, die macht ihn nervös.«

Meike wirft die Gerte in den Sand und reitet im Schritt los. Aber im Schritt geht es überhaupt nicht. Solon wird immer langsamer und versucht, wieder stehen zu bleiben. Meike trabt ihn an, galoppiert sogar ein kleines Stück, um ihn zu lösen. Aber er bleibt eine unberechenbare Granate.

»Vielleicht solltet ihr erst mal Bodenarbeit machen«, schlage ich vor. »Der scheint ja richtig platzsauer zu sein.«

»Na klar. Bodenarbeit ist die Lösung«, seufzt Papa. »Aber ich mache das nun viele Tage lang und in spätestens einer Woche will der Besitzer Solon wiederholen. Bis dahin muss ich ein bisschen mehr vorweisen können als das hier.«

Meike nickt und will etwas sagen, doch in diesem Moment bleibt Solon wieder stehen und bockt auf der Stelle. Meike treibt ihn erneut an. Da bricht er schließlich aus und rennt los.

»Schon wieder«, seufzt Greta. »Der muss sich doch mal langsam wieder einkriegen, oder?«

Plötzlich bleibt Solon direkt vor mir stehen, dreht sich zu mir herum und streckt mir seinen Kopf entgegen. Es ist, als wollte er wieder Bilder mit mir austauschen. Auch Max scheint sofort zu wissen, was Solon vorhat.

»Jetzt nicht, Solon!«, sagt er streng.

»Was soll er jetzt nicht machen?«, fragt Meike und wendet das Pferd.

Max wirft mir einen verlegenen Blick zu. Aber ich will den anderen auch nicht erklären, was Solon geplant hat. Papa und Meike würden uns sowieso nicht glauben, dass Solon seine Gedanken mit uns teilen will. Zum Glück wird Meike schon wieder von Solon in Anspruch genommen, sodass sie Max' Kommentar vergisst.

»Hör zu, Pferd!«, sagt sie. »Hier wird gemacht, was ich anordne. Kapiert?«

Sie reitet ihn streng wieder an.

»Kinder, lasst uns mal allein«, schlägt Papa vor. »Solon muss lernen, sich zu konzentrieren.«

»Schon klar. Wir sind weg!«, sagt Paul.

Und dann gehen wir alle zu unseren Pferden zurück. Ich höre, wie Solon unruhig wiehert. Sofort fühle ich mich angesprochen und das geht mir durch und durch. Auch Max scheint es so zu gehen. Er dreht sich plötzlich um und geht zu Papa und Meike zurück. Im ersten Moment kriege ich Panik, weil ich denke, er kriegt jetzt wieder einen Gedächtnisverlust und macht irgendetwas Komisches, an das er sich später nicht mehr erinnert, aber da höre ich, wie er fragt: »Meinst du, Noah, ich könnte die Bodenarbeit mit Solon übernehmen? Ich kann das ganz gut.«

»Ich weiß nicht«, höre ich Papa sagen.

Ich drehe mich zu Papa um und sehe ihm an, dass ihm der Vorschlag ganz gut gefällt. Papa macht nicht so gerne Bodenarbeit. Außerdem ist er im Moment ziemlich eingespannt.

»Lass ihn ruhig, Noah«, mischt sich Meike ein. »Max hat

ganz viele Seminare in Sachen Bodenarbeit gemacht. Er kann sogar Zirkuslektionen mit Tónn vormachen.«

»Na gut, wenn du willst«, erwidert Papa. »Aber nimm dir Frieda zu Hilfe. Zu zweit kriegt ihr das besser hin.«

»Oh«, zischt mir Greta zu und grinst. Sie hat genau wie ich das Gespräch mitangehört. »Frieda und Max! Das ist ja ein süßes Gespann.«

Ich weiß vor lauter Überraschung gar nicht, was ich dazu sagen soll. Also, wenn Papa vor zwei Wochen so einen Vorschlag gemacht hätte, hätte ich ihm den Hals umgedreht. Aber inzwischen hat Max ja hier in Hohensonne ein bisschen die Kurve gekriegt. Und es gibt Momente – allerdings sind die ganz, ganz klein –, da kommen wir ganz gut miteinander aus. Eigentlich sind wir sogar hin und wieder ein richtig gutes Team geworden.

10. KAPITEL
EIN ERNSTES GESPRÄCH

Die Bodenarbeit mit Solon kostet Max und mich unglaubliche Nerven, aber sie bringt etwas, und ob ich will oder nicht, ich muss sagen, dass ich von Max einiges lerne. Auch ich habe schon mal an einem Seminar zu Zirkuslektionen teilgenommen und mit Alvara ein paar lustige Tricks eingeübt, aber Max hat richtig viel Ahnung von dem, was er macht.

Seit Max das Training übernommen hat, ist Solon wirklich bemüht, alles richtig zu machen. Er steht auf Schulterhöhe neben Max und geht los, wenn Max ihn leicht mit der Gerte berührt, er bleibt auch im richtigen Moment stehen, geht zur Seite oder macht eine Wendung. Schwieriger wird es nur, wenn Max mit dem Traben anfangen will. Dann dreht Solon am Rad, schlägt wild aus, versucht sich loszureißen und galoppiert wie ein Verrückter über den Platz. Immer wieder gibt es auch den Moment, in dem er versucht, zu mir zu rennen, um mir seinen Kopf an die Schläfe zu schlagen.

Wir brauchen unendlich viel Zeit, aber es gelingt uns schließlich, Solon zu führen und dabei auch Trab und zuletzt Galopp auszuprobieren. Immer wenn eine Stunde vorbei ist, setzen wir uns auf das Gatter und lassen Solon zu uns kommen. »Märchenstunde« nennt Max das immer. Solon legt mal mir und mal Max den Kopf auf die Schulter und lehnt seine Schläfe gegen unsere. Wir schließen die Augen und versuchen, in ihn hineinzuhorchen. Es ist schwierig zu verstehen, was er uns sagen will. Dieses Pferd, von dem ich schon einmal die Augen gesehen habe, ist deutlicher geworden. Es scheint ein Mausfalbe zu sein, wie Solon. Vielleicht ist es auch Solon, der sich selbst betrachtet, da sind wir uns nicht so sicher. Allerdings haben wir einmal eine sehr helle Mähne gesehen und diese Mähne sah anders aus als die von Solon. Außerdem bilde ich mir ein, ein Windrad gesehen zu haben. Aber so ganz sicher bin ich mir nicht.

Solon tut diese Zeit unglaublich gut. Er ist danach wie ausgewechselt. Offenbar ist er sich ganz sicher, dass wir ihm helfen werden. Wenn er wüsste, wie ratlos wir oft sind.

»Da sitzen sie wieder, unsere beiden Süßen mit ihrem Schmusebaby!«, hören wir plötzlich Franzis Stimme. Ich reiße meine Augen auf und sehe, wie sich ihr Smartphone direkt auf Max, Solon und mich richtet. Erschrocken zucke ich zusammen und auch Solon erwacht aus seiner Trance. Panisch macht er einen Sprung nach hinten. Das führt dazu, dass Max und ich mit den Köpfen zusammenknallen. Franzi quietscht vor Begeisterung auf. Wahrscheinlich haben wir beide wie ein Liebespaar auf sie gewirkt, das versucht hat, sich einen Kuss zu geben und dabei mit den Köpfen aneinander gestoßen ist.

»Wehe du sendest das!«, zischt Max ihr zu. »Dann verklage ich dich wegen Verletzung der Persönlichkeitsrechte.«

Franzi lacht laut. Dann zieht sie einen Schmollmund. »Ach komm, Max!«, ruft sie. »Ihr seid so süß!«

»Ich warne dich«, gebe auch ich meinen Senf dazu. »Wenn ich das erlebe, darfst du mich nie wieder filmen.«

Franzi klimpert mit den Wimpern. Sie weiß genau, dass die Jungs dabei schwach werden. »Dabei ist das so eine coole Story«, meint sie. »Ich habe schon ein paar Videos von Solon, der voll durchgeknallt über den Platz rennt. Wenn die Fans jetzt sehen würden, wie er mit euch schmust …«

»Na los, dann mach schon!«, brummt Max zu meiner Überraschung. Erst jetzt guckt er zu mir. »Jedenfalls, wenn Frieda nichts dagegen hat.«

»Aber nicht die Szene, wie wir mit den Köpfen aneinanderknallen«, ordne ich an.

Franzi kichert. Natürlich würde sie das am liebsten bringen. Aber schließlich gibt sie sich auch mit dem zufrieden, was nun passiert. Solon kommt nämlich zu uns zurück. Er schaut sich genau an, wie Max und ich da nebeneinander auf dem Gatter sitzen, und dann legt er seinen dicken Kopf zur einen Hälfte auf Max' und zur anderen Hälfte auf meine Schulter. Seine weiche Nase streift mein Ohr.

»Schaut selbst: Ist er nicht zutraulich?«, ruft Franzi ihren Fans zu. »Er liebt die beiden über alles. Alle drei scheinen eine ganz besondere Beziehung zueinander zu haben.«

Dieses alberne Geblubber geht mir ziemlich auf die Nerven. Ich schließe die Augen, um dieses Smartphone auszublenden. Und jetzt sehe ich genau das Bild, das Solon mir schickt. Es ist ein kleines Fohlen, das gerade aus der Eihaut schaut.

Papa will uns sprechen – Max und mich, und wir beide haben gleich ein ungutes Gefühl, dass es um Solon gehen wird. Leider ist es tatsächlich so.

»Ah, ihr zwei. Kommt rein!«, sagt er und zeigt auf die Stühle an seinem Schreibtisch. »Ihr könnt euch sicherlich denken, was ich auf dem Herzen habe, oder?«

Max und ich schauen uns an.

»Geht es um Solon?«, frage ich.

Papa nickt. »Ihr habt euch in der letzten Zeit so viel mit ihm beschäftigt. Er ist so zutraulich geworden. Fast macht ihr den Eindruck wie zwei Eltern, die sich um ihren kleinen unerzogenen Sohn kümmern.«

»Ein bisschen ist es auch so«, grinst Max. »Solon ist uns echt ans Herz gewachsen.«

Papa nickt und sieht dabei sehr ernst aus. »Aber ihr wisst ja, dass er nur ein Berittpferd ist, nicht wahr?«, sagt er. »Solon ist nur für eine kurze Zeit hier, um ein bisschen in die Spur gebracht zu werden. Er wird bald wieder abgeholt und dann muss er sich an dem Hof, auf den er gehört, wieder einleben.«

Ich muss schlucken. Natürlich weiß ich, dass das so ist. Aber in diesem Fall habe ich das irgendwie ausgeblendet. Das scheint auch Max so zu gehen. Er wirft mir einen kurzen Seitenblick zu und ich kann ihm ansehen, dass auch er angespannt ist.

»Doch, ist klar«, sagt er viel zu schnell. »Wir haben im Blick, dass er nicht ewig hier sein kann.«

»Weißt du schon, wann er abgeholt werden soll?«, frage ich und höre selbst, wie zittrig meine Stimme klingt. Papa hat es natürlich auch sofort gehört. Wir kennen uns alle viel zu gut.

»Der Besitzer will morgen vorbeikommen, sich sein Pferd anschauen und auch mal reiten«, erklärt Papa. »Wenn er gut mit Solon klar kommt, will er ihn mitnehmen.«

Morgen also. Das ist schneller, als wir gedacht haben. Ich muss sagen, dass das wie ein Faustschlag in den Magen für mich ist.

»Dann sollten wir den Tag mit ihm aber noch genießen«, schlägt Max vor.

»Aber genießt ihn nicht nur. Denkt auch daran, dass das jetzt der Abschied sein könnte«, mahnt Papa.

Max und ich beschließen, einen kleinen Ausritt im Schritt zu machen und Solon als Handpferd mitzunehmen. Papa will uns das erst nicht erlauben, weil er Angst hat, dass uns Solon wieder wegläuft. Aber als Greta und Paul dazukommen und versprechen, uns zu begleiten, erlaubt er es schließlich.

Die Runde geht mir ziemlich nahe. Immer wieder muss ich zu Solon schauen, der so brav neben Tónn herläuft. Tónn und Solon haben sich in der letzten Woche angefreundet. Wenn sie so nebeneinander laufen, sehen sie fast wie Vater und Sohn aus. Man bekommt den Eindruck, dass Solon auf seinen alten Vater achtet und aufpasst, Tónn nicht zu sehr zu belasten. Er geht darum in ruhigem Schritt und bleibt an Tónns Seite, auch wenn er sicherlich gerne mal ein Stück gerannt wäre. Hin und wieder schaut Solon auch zu mir herüber, als wollte er sagen: *Guck mal, wie gut ich das mache. Dafür haben wir gleich wieder eine Märchenstunde, okay?* Ich muss ein bisschen lachen, weil er so ein eifriges Gesicht macht. Wenn ich daran denke, was für ein schwieriges Pferd er gewesen ist, als er zu uns kam, werde ich richtig traurig. Er hat so viel Vertrauen zu uns aufgebaut und immer gehofft, dass wir ihm helfen können. Aber letztendlich haben wir sein Geheimnis nicht lüften können. Trotzdem zweifelt er nicht an uns. Er weiß ja nicht, dass diese enge Beziehung zu uns bald wieder zu Ende sein wird.

Gerade gestern Abend hat er noch mal ein paar Bilder von diesem Falben mit der hellen Mähne gesendet. Ich habe schon fast das Gefühl, dass ich ihn kenne. Max geht es sicherlich genauso. Der Abschied wird uns allen verdammt wehtun.

11. KAPITEL
ABSCHIED VON SOLON

Der Abschied kommt schneller als gedacht. Als Greta und ich am nächsten Tag mit Omi zusammen beim Frühstück sitzen, klopft es an die Küchentür. Natürlich haben wir auch eine Haustür, bei der man klingeln kann, aber jeder, der unseren Hof kennt, weiß, dass man an die Küchentür klopfen muss.

»Ja!«, ruft Omi.

Die Küchentür wird geöffnet und zu meinem Entsetzen sehe ich Herrn Becker, Solons Besitzer, in der Tür stehen.

»Hallo«, grüßt er.

Mir bleibt vor Schrecken fast das Brötchen im Hals stecken und auch Greta sieht ganz entsetzt aus.

»Ach, Herr Becker«, lächelt Omi liebevoll. »Mein Sohn ist sicher irgendwo auf dem Hof. Gehen Sie schon mal rüber, ich rufe ihn gleich an.«

Solons Besitzer nickt und verlässt die Küche. Jetzt muss ich mich aber beeilen und Max Bescheid sagen. In aller Hektik stopfe ich mir das restliche Brötchen in den Mund und verzichte zum Entsetzen meiner Omi auf das Zähneputzen, um zu Max rüberzurennen.

»Max!«, brülle ich und stürme zur Haustür rein. Dann reiße ich die Tür zu dem kleinen Wohnzimmer auf. Max befindet sich ausgestreckt auf dem Fußboden des Wohnzimmers, die Füße und Hände auf den Boden gestemmt, den Rücken in der Luft, und macht Push-ups. Dabei hat er noch seinen Schlafanzug an. Jetzt lässt er sich auf den Boden plumpsen und sieht mich verstört an. Offenbar ist es ihm ein bisschen peinlich, dass ich ihn so sehe. Ich bin ehrlich gesagt auch ein bisschen verlegen. Ich wusste nämlich gar nicht, dass Max Krafttraining macht. Und dass er so süß im Schlafanzug aussieht, wusste ich auch nicht.

»Der Becker ist da«, sage ich.

Max ist natürlich nicht so schnell im Denken – ist ja ein Junge – und sagt darum irritiert: »Bring mir ein Brötchen mit.«

»Nicht der Bäcker! Der Becker – mit e. Der Besitzer von Solon.«

Jetzt sieht Max richtig erschrocken aus.

»Ach, der«, sagt er langsam. Ich kann ihm geradezu ansehen, wie seine Gehirnzellen allmählich anfangen zu arbeiten. Jetzt hat er es. »Gib mir fünf Minuten«, sagt er und rennt aus dem Wohnzimmer.

Er braucht nur drei Minuten – duschen und Zähneputzen wird auch bei ihm zur Nebensache. In Jeans, T-Shirt und Turnschuhen kommt er kurze Zeit später aus seinem Zimmer gerannt.

Gemeinsam laufen wir über den Hof.

»Will er Solon abholen?«, raunt mir Max beim Laufen zu.

»Keine Ahnung«, gebe ich zurück.

Als wir am Reitplatz ankommen, sehen wir, dass Herr Becker schon auf Solons Rücken sitzt und mit ihm über den Reitplatz schreitet. Papa steht in der Mitte und betrachtet die beiden.

»Das sieht doch schon gut aus«, sagt er.

Ja, es sieht leider wirklich ziemlich gut aus. Max und ich lehnen uns nebeneinander an das Geländer des Tores und schauen zu, wie Herr Becker mit seinem Pferd ein paar Runden dreht, schließlich trabt und sogar galoppiert. Solon zeigt sich von seiner besten Seite. Dabei blickt er immer mal wieder zu Max oder zu mir, als wollte er uns sagen: *Ich bin doch wirklich brav heute. Kriege ich nachher wieder eine Märchenstunde?*

Ich muss schlucken, als ich sein liebes Gesicht sehe.

Herr Becker ist begeistert von seinem Pferd. Nachdem er eine Runde links und eine Runde rechts herum galoppiert ist, pariert er durch. Seine Augen glänzen.

»Das ist ja unglaublich!«, ruft er begeistert. »Solon ist ein völlig neues Pferd geworden.«

Papa schaut zu uns herüber und lächelt.

»Nicht nur ich habe dazu beigetragen«, sagt er. »Auch die Kinder haben sich sehr um ihn gekümmert. Ich glaube, den haben hier alle ins Herz geschlossen.«

»Ich frage mich, warum er so durchgedreht war«, seufzt Herr Becker, während er absteigt. »Er hat ja kaum jemanden an sich rangelassen.«

»Wissen Sie, ob er früher mit einem anderen Pferd zusammengestanden hat, das er sehr gerne mochte?«, wage ich zu fragen.

Herr Becker zuckt die Achseln. »Keine Ahnung. Der kleine Hof, auf dem er war, wurde aufgelöst. Der Besitzer ist ins Altersheim gegangen und die Tochter hat alle Pferde bei einer Auktion verkauft.« Becker wendet sich an Papa. »Ackermann, wissen Sie.«

Papa nickt. »Ah, ja. Dort haben sich einige günstig ein Pferd gekauft.«

Ich beschließe, Papa später noch mal ausführlich nach diesem Hof zu fragen. Aber erst mal richtet sich meine Aufmerksamkeit wieder auf Solon. Er zieht jetzt nämlich an seinem Strick, um zu Max und mir rüberzukommen, und schafft es auf die Weise, Herrn Becker mitzuziehen.

»Gut gemacht, Solon«, sage ich und streichele ihn. Sofort reibt er seinen Kopf an meiner Schulter. Das ist mir fast ein bisschen peinlich.

»Solon ist ein richtiger Schmusebär geworden«, lacht Papa. Dann sieht er mich an. »Legst du ihm schon mal die Decke auf und machst ihn für den Hänger fertig?« Und zu Max sagt er: »Kannst du die anderen Sachen zusammensuchen, die ihm noch gehören?«

Max sieht traurig aus. Ausgerechnet wir beide müssen Solons Abschied vorantreiben.

»Dann wollen wir noch das Finanzielle regeln«, schlägt Herr Becker vor und zieht sein Portemonnaie aus der Hosentasche. Er öffnet es und zieht zwei Fünfer heraus, die er Max und mir reicht. »Das ist für euch«, sagt er. »Danke für eure Mühe.« Er wendet sich an Papa. »Und wir setzen uns noch mal kurz zusammen, oder?«

»Klar, kommen Sie mit«, erwidert Papa.

Da stehen Max und ich nun mit unserem Fünfer in der Hand und einem Kloß im Hals. Wir wagen es nicht, uns anzuschauen. Ich habe Angst, dass ich gleich anfangen könnte zu weinen, und bestimmt geht es Max genauso.

Zum Glück gehen Papa und Herr Becker zum Haus rüber. Dann haben Max und ich wenigstens Zeit, Solon Auf Wiedersehen zu sagen. Es ist schrecklich, dass er so ahnungslos ist. Solon legt seinen dicken Kopf wieder auf meine Schulter und sendet mir ein Bild. Ich verliere fast die Fassung. Das Bild zeigt Max und mich, die nebeneinander stehen und ihm beim

Galoppieren zuschauen. Er ist so stolz darauf, dass er es so gut gemacht hat. Offenbar hat er es für uns gemacht.

Erst als er auf den Hänger gehen soll, scheint Solon den Ernst der Lage zu begreifen. Er weigert sich. Aber das sieht Herr Becker nicht als Problem an. Es gibt viele Pferde, die nicht gerne auf den Hänger gehen.

»Könnt ihr mal helfen?«, ruft er Max und mir zu.

Wenn ich ehrlich bin, würde ich mich am liebsten verkriechen, um diesen Moment nicht miterleben zu müssen. Dass ich nun auch noch helfen muss, das Pferd zu verladen, kommt mir wie ein Verrat vor.

Papa versucht seinen Trick mit dem Seil: Er spannt zwei Seile an den Hänger und bittet Max und mich, Solon hineinzutreiben, indem wir die Seile enger ziehen. Aber das ist gar nicht nötig. Als Solon uns sieht, gibt er sich wieder richtig Mühe. Fast bilde ich mir ein, ihn lächeln zu sehen.

»Und drin ist er!«, ruft Herr Becker begeistert. »Das ging ja einfacher, als ich gedacht habe.«

Solon schaut über den Rand des Hängers und blickt Max an.

»Ciao, Kleiner!«, sagt Max. »Wir sehen uns.«

Das soll sich fröhlich anhören, aber ich kenne Max mittlerweile gut genug, um zu merken, wie kratzig seine Stimme klingt.

Ich kriege keinen Ton raus.

»Dann danke ich euch noch mal!« Herr Becker schüttelt uns ein letztes Mal die Hand. Anschließend steigt er ein, startet den Motor und fährt langsam vom Hof. Erst jetzt scheint Solon zu begreifen, dass er weggebracht wird. Plötzlich rollt er mit den Augen. Dann wiehert er unruhig. Er schaut über den Rand des Hängers zu mir und blickt mich so verzweifelt an, dass mir die Tränen in die Augen schießen. Hoffentlich hat das niemand gesehen. Ich drehe mich schnell um und gehe zum Stall hinüber. Meike ist im Stall und auch Omi und Onkel Steffen laufen immer mal wieder hier entlang. Um meine Ruhe zu haben, wähle ich schließlich die Sattelkammer, krieche unter den Tisch und ziehe die Beine eng an den Körper. Ich will niemanden sehen und hören, will hier nur allein sitzen und um Solon trauern. Noch nie habe ich so ein verzweifeltes Pferd erlebt und noch nie hat jemand so sehr versucht, mich um Hilfe zu bitten. Zu gerne hätte ich ihm geholfen, aber ich konnte seine Bilder nicht einordnen, und die Zeit war auch viel zu knapp. Ich habe versagt und dann auch noch dafür gesorgt, dass er zurückmusste. Ich bin ein Verräter.

Leise öffnet sich die Tür. Ich kann es daran erkennen, dass der Raum plötzlich heller wird. Dann schließt sich die Tür und der Raum taucht wieder in einen dunklen Schatten ein. Ob jemand hineingekommen ist? Wenn ich meinen Atem anhalte, bilde ich mir ein, auch noch an einer anderen Stelle leises Atmen zu hören. Ganz leise krabbele ich auf allen vieren bis zum Ende des Tisches, beuge mich vor und blinzele in den Raum. An der Tür steht jemand, der mir den Rücken zugedreht hat. Ich weiß sofort, dass es Max ist. Er hat seinen einen Arm gegen die Tür gestützt und sein Gesicht in diese Armbeuge gedrückt. Es sieht aus, als würde er versuchen, seine Fassung zurückzubekommen. Ich will ihn auf keinen Fall stören und versuche, leise wieder unter den Tisch zurückzukriechen. Dabei stoße ich gegen die Tischplatte. Plopp macht es und in dieser Stille hört es sich ziemlich laut an. Max fährt sofort herum.

»Ist da jemand?«

Ich antworte nicht. Bewegungslos bleibe ich genau da sitzen, wo ich mich gerade befinde, und versuche, nur ganz, ganz leise zu atmen.

Doch ich höre, wie Max' Schritte direkt auf mich zukommen. Dann schaut sein Kopf unter den Tisch.

»Frieda?«

»Hmmm«, mache ich verärgert. Dabei wische ich mir ganz schnell die Träne weg, die sich verräterisch in meinem Augenwinkel gebildet hat. Max schaut mich aufmerksam an.

»Weinst du?« fragt er.

»Nö«, antworte ich. »Aber ich bin nahe davor.«

»Ich auch«, gibt Max ehrlich zu. Er setzt sich in die Hocke und betrachtet mich aufmerksam. »Kann ich zu dir kommen?«, fragt er.

»Wenn du willst.«

Ich rücke ein kleines Stück zur Seite und er kriecht ebenfalls unter den Tisch. Nun sitzen wir nebeneinander und das fühlt sich noch seltsamer an, als allein zu sein.

»Mieses Gefühl, oder?«, murmelt Max und ich höre, wie brüchig seine Stimme klingt. »Da müssen wir ihn auch noch auf den Hänger begleiten. Das ist doch Hochverrat, oder?«

Ich muss schlucken. Genauso habe ich das auch gesehen.

»Und er war so voller Vertrauen. Er hat immer gedacht, wenn er alles gut macht, kriegt er seine Märchenstunde. Das ist so schrecklich, oder?«, murmele ich und versuche, Max nicht anzuschauen, weil ich Angst habe, dass ich dann heulen muss.

»Ja, das ist wirklich schrecklich«, seufzt Max.

»Das Schlimmste an der Sache ist, dass wir nicht herausbekommen haben, was mit ihm los ist«, platze ich schließlich heraus. »Bei einem seiner letzten Bilder hat er mir ein Fohlen gesendet. Es schaute aus der Eihaut heraus. Ein hellbraunes Fohlen, das Fell noch ganz nass.«

»Oh«, seufzt Max entsetzt. »Das wäre eigentlich total süß, wenn es nicht so traurig wäre. Ich meine, wir können doch davon ausgehen, dass er ein Pferd ganz furchtbar vermisst, das ein mausfarbiges Fell und eine helle Mähne hat.«

Wir beide fallen in dumpfes Grübeln. Plötzlich fällt mir etwas ein.

»Sag mal, hast du deine fünf Euro bei dir?«, frage ich.

Max nickt und greift in seine Tasche. »Ja, hier. Warum?«

»In Hohensonne gibt es ja nicht viel«, erkläre ich. »Aber es gibt immerhin eine kleine Eisdiele. Direkt neben der Kirche. Und stell dir vor, es gibt hier sogar für fünf Euro einen richtig großen Schokobecher mit Smarties obendrauf.«

Max atmet einmal tief durch. Ich glaube, er ist froh, dass ich das Thema gewechselt habe. Man kann es einfach nicht aushalten, hier unter dem Tisch zu sitzen und von Solon und seinem Geheimnis zu reden.

Max grinst und wirkt erleichtert. »Was für ein wahnsinniges Dorf«, lästert er. »Ein Eisbecher für nur fünf Euro. Darüber würde man sich in Köln kaputtlachen. Die gibt es nicht mal beim Karneval.«

Bei dem Gedanken an den Eisbecher sind wir direkt ein bisschen getröstet. Nacheinander kriechen wir unter dem Tisch hervor und gehen zu unseren Rädern. Ins Dorf hinunter geht es nur bergab. Der Wind bläst uns ins Gesicht und das tut richtig gut.

Der Eisdielenbesitzer heißt Davinio Fabrio und ist schon mit Papa zur Schule gegangen. Natürlich kennt er meinen Bruder, meine Cousinen und mich. Schließlich ist die Anzahl seiner Kunden überschaubar.

»Na, Frieda, hast du deinen Freund mitgebracht?«, witzelt er. Das ist mir ein bisschen peinlich.

»Ja, genau«, sagt Max und nickt ihm zu. »Ich bin Max. Frieda und ich sind Nachbarn.«

»Nachbarn!«, lacht Davinio und zwinkert Max verschwörerisch zu. Max grinst und zwinkert zurück. Das führt dazu, dass wir einen riesigen Eisbecher gekommen. Und die Smarties hat Davinio in Form eines Herzens auf die Eiskugeln gelegt.

12. KAPITEL
STÜRMISCHE BEGRÜSSUNG

Es ist nicht so leicht, Solon zu vergessen. Immer wenn Max und ich nebeneinander im Stall sitzen und mit Alvara oder Tónn Bilder austauschen, kommen auch die Erinnerungen an Solon wieder. Nach dieser Schmuserunde sind wir immer noch zu ihm gegangen. Wie es ihm wohl geht, frage ich mich oft. Allerdings rede ich nur selten mit Max darüber. Ich weiß ja auch so, dass es ihm ähnlich geht. Immerhin geht es Tónn besser. Seine Bilder werden immer bunter und das macht Max sehr glücklich. Einmal sendet Tónn ein Bild von Solon, ein richtig lebendiges Bild, wie der Wallach mit wehender Mähne auf uns zugelaufen kommt. Auch für Tónn scheint dieses Pferd unvergessen zu sein.

»Wer von euch hat Zeit, ein Video über Fagur zu drehen?«, fragt Tante Susi beim Frühstück. »Es wird Zeit, dass wir sie verkaufen. Sie ist großartig ausgebildet, hat schöne Veranlagungen …«

»Ich bin raus«, sagt Paul. »Ich muss noch was im Internet nachgucken …«

Weiß doch jeder, dass er wieder zocken will.

»Aber wie ist es mit dir, Franzi?«, wendet sich Tante Susi an ihre Tochter. »Du verstehst doch so viel von diesen Filmen und dem Internet. Kannst du nicht mal was für uns tun?«

Franzi verdreht die Augen. »Immer ich«, sagt sie, dabei ist sie tatsächlich diejenige, die am wenigsten für den Hof tut. »Das kann ich doch überhaupt nicht für meine Storys gebrauchen.«

»Gibt es vielleicht auch mal irgendwas, was du für *uns* tun könntest?«, regt sich Onkel Steffen auf. »Guck mal, Frieda und Greta sind immer bereit. Auch Max hat schon so viel für unseren Hof gemacht. Dabei hat er doch eigentlich überhaupt nichts mit unseren Pferden zu tun.«

»Ich würde es ja machen. Aber wie gesagt, ich muss auch an meine Storys denken. Gerade meine Fans erwarten, dass ich mal wieder für sie auf Sendung gehe«, winkt Franzi blasiert ab.

»Ich mach's«, sagt Max plötzlich. »Ein Video zu drehen, kriege ich hin. Vielleicht hat Frieda ja Lust, Fagur vorzuführen.«

Greta grinst und zwinkert mir zu. Ich weiß genau, was sie sich einbildet. Sie meint: Oh, Max will gerne wieder mit Frieda zusammen sein. Aber es ist echt bescheuert, so etwas zu denken. Max und ich kommen gut miteinander aus. Durch die Sache mit Solon sind wir richtig gute Freunde geworden. Und dass wir beide in die Köpfe der Pferde hineinschauen können, hat uns sogar zu Verbündeten gemacht, die ein gemeinsames Geheimnis teilen. Aber mit Verliebtsein hat das nichts zu tun. Es ist immer nur Greta, die sich so etwas einbildet. Vielleicht ist sie ja selbst in Max verliebt, so viel wie sie darüber redet.

»Also gut. Ich mache mit«, sage ich. Sofort vertieft sich Gretas Grinsen.

»Klasse«, freut sich Tante Susi. »Vielleicht geht ihr mit Fagur auf die Ovalbahn. Da kann man am besten zeigen, was für ein tolles Gangpferd sie ist.«

»Also gut. Ich bin bereit«, sagt Max und steht auf.

Er hat sich seit ein paar Tagen angewöhnt, bei uns zu frühstücken. Überhaupt ist er eigentlich immer bei uns. Ich habe mittlerweile das Gefühl, es gefällt ihm richtig gut, dass wir alle zusammensitzen und Pläne für den Tag machen. Es ist toll, wie sehr er sich einbringt. Er ist eine große Hilfe auf dem Hof geworden, das finden auch Papa und Onkel Steffen. Für sie ist es schon fast selbstverständlich, ihn in ihre Pläne mit einzubeziehen.

Max schiebt sich noch schnell ein Stück Käse in den Mund und wirft eine Weintraube hinterher. Dann nimmt er sein Smartphone und folgt mir aus der Küche.

Max und ich geben uns richtig Mühe mit Fagur. Sie ist eine hübsche Stute mit einer ungewöhnlichen Farbe – ein Mausfalbschecke mit braun-grauem Fell und hellen Flecken. Erst striegeln wir sie lange, Max links, ich rechts, dann kämmen wir die Mähne und den Schweif. Auch hier sind wir ein gutes Team. Anschließend überlegen wir uns, wie wir Fagur schick machen können, und entscheiden uns für die weinrote Satteldecke und die schwarze Trense mit den kleinen silbernen Steinchen am Stirn- und Nasenriemen. Als ich auf Fagurs Rücken steige, macht Max gleich ein paar Fotos.

»Ihr seht richtig toll aus«, sagt er. Ich würde ihn gerne fragen, ob er mich oder Fagur meint, aber ich traue mich nicht.

»Okay, dann gehe ich mal auf den Platz«, schlage ich vor und reite los. »Soll ich sie erst mal führen oder …«

Ich breche ab, denn mir fällt auf, dass Max gar nicht mitgegangen ist. Ich drehe mich um. Max steht immer noch an der Anbindestange und starrt vor sich hin. Erst jetzt merke ich, dass Max anders ist als sonst. Er hat einen seltsamen Gesichtsausdruck.

»Max? Hi? Alles okay?«, frage ich.

Max steht starr da und bewegt sich nicht. Ich wende Fagur, gehe zu ihm zurück und fächere mit meiner Hand vor seinem Gesicht herum.

»Hallo? Jemand zu Hause?«, frage ich.

Jetzt zuckt Max zusammen. »Solon!«, stammelt er.

»Solon? Das ist Fagur«, erkläre ich, doch ich merke, dass Max überhaupt nicht zuhört.

»Wie bitte?«, sagt er jetzt völlig irritiert und schaut zu mir. Dabei guckt er mich gar nicht wirklich an. Er blickt durch mich hindurch und sieht aus, als wäre er in eine ganz andere Welt abgetaucht. Jetzt kriege ich richtig Angst.

»Max, ist etwas passiert?«, frage ich unruhig. Mir fällt wieder die Situation ein, in der Max irgendetwas gemacht hat, an das er sich später gar nicht mehr erinnern konnte. Ob er damals auch in eine andere Welt abgetaucht ist?

Plötzlich geht die Küchentür auf und Tante Susi schaut hinaus. Sie hält den Telefonhörer in der Hand.

»Ist Noah hier?«, fragt sie.

Ich schüttele den Kopf.

»Mist! Warum nimmt er nie sein Handy mit?«, flucht Tante Susi.

In dem Moment sehe ich Papa über den Hof gehen.

»Papa!«, rufe ich. »Du sollst zum Telefon kommen.«

»Solon«, murmelt Max wieder. Jetzt ist er mir richtig unheimlich.

Papa geht mit großen Schritten auf Tante Susi zu und nimmt ihr den Hörer aus der Hand.

»Ja? Kirk!« Er horcht. »Das ist ja schrecklich«, sagt er dann. »Ist ihm was passiert?«

»Was ist los?«, will ich wissen.

»Solon dreht durch«, flüstert Max. Dabei kann er genauso wenig von dem Telefongespräch hören wie ich.

»Woher weißt du das?«, frage ich.

Max zuckt die Schultern. Papa klickt das Gespräch weg und schaut uns unruhig an.

»Solon dreht durch«, wiederholt er genau die Worte, die Max bereits gesagt hat. Dann reicht er Tante Susi den Hörer zurück. »Ich muss zu ihm fahren«, murmelt er. »Ich nehme den Hänger mit, ja?«

Jetzt erwacht Max aus seiner Starre. »Kann ich mitfahren?«, bettelt er. »Bitte, Noah. Ich kann euch vielleicht helfen.«

»Von mir aus«, stimmt Papa zu. »Du hast ja ein gutes Händchen für ihn.«

»Und ich!«, rufe ich verärgert. Ich habe Fagur immer noch am Zügel. Aber natürlich würde ich auch alles darum geben, jetzt mit zu Solon zu fahren.

Greta kommt aus der Küche und sieht sofort, wie unglücklich ich bin. »Gib sie her«, sagt sie. »Ich drehe das Video mit Franzi zusammen.«

»Oh, danke.« Ich bin total erleichtert. »Das mache ich wieder gut! Echt!«

»Musst du nicht«, winkt Greta ab. Sie ist wirklich meine absolute Lieblingscousine. Hoffentlich meckert Franzi nicht allzu viel, weil sie nun doch mit dem Videodreh dran ist.

Schnell gebe ich Fagur ab und renne mit Max zum Auto. Wir helfen Papa, den Hänger anzuhängen. Dann geht es los.

»Was ist denn passiert?«, fragt Max. »Hat Solon nach seinem Besitzer getreten?«

»Ja, genau«, erklärt Papa. »Er hat sich nur einen Tag lang gut benommen. Seit heute Morgen ist er wieder der Alte. Er steigt und schlägt aus. Als sein Besitzer ihn auf die Wiese bringen wollte, hat er versucht, sich loszureißen, und hat Herrn Becker ein paar Meter mitgeschleift. Dann hat er ausgeschlagen und versucht, nach seinem Besitzer zu treten. Der Mann ist fix und fertig.«

Papa sieht bedrückt aus. Er beschleunigt und geht mit Vollgas in die Kurve. Der Hänger schlingert. Das ist überhaupt nicht Papas Art. Er ist eigentlich ein vorsichtiger Autofahrer. Diesmal scheint er ziemlich wütend zu sein.

»Wenn ich mir vorstelle, dass das alles sinnlos war, was wir mit dem Pferd gemacht haben ... Am Ende will der Typ noch sein Geld zurück.«

Wir schweigen ratlos. Papa tut mir leid. Er ist eigentlich ein erfolgreicher Bereiter und ist schon viele schwierige Pferde geritten. Solon scheint eine besondere Herausforderung zu sein.

Endlich kommen wir auf dem Hof an. Schon als wir aus dem Auto steigen, hören wir Solon wiehern. Er hört sich wütend an.

Herr Becker kommt auf uns zu, aber er gibt Papa nicht einmal die Hand.

»Das Pferd können Sie gleich wieder mitnehmen«, meckert er.

Wieder ertönt ein lautes Wiehern. Fast klingt es wie ein Weinen. Ich kann Max ansehen, dass es ihm wehtut, Solon so schreien zu hören. Wo ist er?, will ich fragen, aber ich sehe bereits, dass sich Max in die Richtung dreht, aus der das Wiehern kommt.

»Solon!«, ruft er. »Wir sind da.«

Für einen Moment bricht das Wiehern ab. Herr Becker schaut Max überrascht an. Jetzt wiehert Solon wieder und sofort antwortet Max: »Ja, keine Angst. Wir kommen.«

Dann fasst er mich kurz am Ärmel meines T-Shirts und zieht mich mit sich. Hinter dem kleinen Bauernhof befindet sich eine Wiese, auf der verschiedene Pferde grasen. Auch ein paar Schafe und ein Esel stehen dazwischen und das sieht richtig gemütlich aus. Für Solon aber haben sie einen Extrabereich abgeteilt. Mit einem Stromzaun aus weißem Band ist er von dem Rest der Herde abgetrennt. Wahrscheinlich war es wieder mal nicht möglich, ihn zwischen den anderen Pferden zu halten.

Solon hat sich an die vorderste Ecke des Zauns gestellt und die Ohren gespitzt. Er scheint auf Max und mich zu warten. Jetzt kann er uns sehen und er rennt sofort wie ein Verrückter am Zaun auf und ab.

»Ruhig! Ruhig! Wir kommen ja«, ruft Max ihm zu.

Dann zieht er mich mit sich. Max ist schnell. Ich kriege richtig Seitenstiche, weil ich nicht mit ihm mithalten kann.

Auch Solon scheine ich viel zu langsam zu sein. Er wiehert nun ganz laut und verzweifelt und dann rennt er los.

»So eine Furie habe ich noch nie erlebt!«, höre ich Herrn Becker schreien.

Solon nimmt Anlauf und dann rennt er durch den Stromzaun hindurch. Das muss schrecklich wehtun, denn er brüllt einmal kurz auf. Dann galoppiert er wie ein Verrückter auf Max und mich zu. Oh nein, ich weiß genau, was jetzt kommt, und auch Max weiß es. Schützend hält er seine Hände über meinen Kopf.

»Pass auf, Solon. Du tust ihr weh!«, schreit er.

Da ist Solon auch schon bei mir, donnert seinen dicken Kopf auf meine Schulter und versucht, mit seiner Schläfe gegen meine zu kommen. Gott sei Dank schiebt Max seine Hände dazwischen und fängt den Stoß ab.

»Vorsicht!«, zischt er, fasst in Solons Mähne und zieht ihn ein kleines Stück von mir weg. »Sie hört dir ja zu. Aber du musst vorsichtig sein. Wir haben kein Kühlkissen dabei«, redet er beruhigend auf Solon ein.

Solon gibt sich Mühe, behutsamer zu sein, aber er ist eben ein temperamentvolles Pferd und er hat so viel erlebt, was er mir mitteilen will. Ein Bild nach dem anderen erscheint vor meinem inneren Auge. Wie Solon aus dem Hänger schaut und Max und mich sieht, die auf dem Islandhof Hohensonne zurückbleiben. Der Hänger, immer wieder der Hänger. Ich fühle mit Solon, wie verzweifelt er war. Dann wird die Rampe heruntergelassen und ich spüre Solons Verwirrung. Überall sind andere Pferde, aber er kann Max und mich nicht sehen.

Solon reibt seinen Kopf gegen meinen, aber er ist vorsichtiger. Max lässt ihn los. Er spürt, dass Solon mir keine Beule mehr zufügen wird. Jetzt sehe ich ganz deutlich ein weiteres Bild, das Solon mir schickt. Es zeigt, wie Max und ich an der Wiese auftauchen. Ich kann Solons unglaubliche Freude darüber spüren, dass er uns wiedergefunden hat. Sein Körper zittert und er drückt seinen Kopf noch enger an meinen. Ich kann nicht anders, ich muss plötzlich weinen. Ich bin überhaupt keine Heulsuse und selbst als ich mir mal bei einem Sportunfall den Arm gebrochen habe, habe ich keine Träne verdrückt, obwohl es schrecklich wehgetan hat. Aber jetzt laufen meine Tränen plötzlich wie Sturzbäche aus meinen Augen. Das ist mir schrecklich peinlich. Vor Max, vor Papa und erst recht vor Herrn Becker. Max merkt das sofort. Für einen Jungen ist er doch ziemlich sensibel. Jedenfalls schlingt er plötzlich seine Arme um mich und drückt mich an seinen weichen Hoodie. Ich heule ihm das ganze Oberteil nass, aber er steht da und hält es einfach aus. Als er merkt, dass ich anfange, zu zittern, drückt er mich sogar noch ein bisschen fester an sich. Solon will natürlich sofort bei dieser Kuschelpartie dabei sein, denn ich kann spüren, wie er seinen Kopf unter Max' Hände schiebt, um wieder ganz dicht bei mir zu sein und gleichzeitig Max' Hände in seiner Mähne zu spüren.

»Du bist echt ein Freak«, höre ich Max murmeln und weiß nicht genau, ob er Solon oder mich meint.

»Das Pferd hat sie doch nicht mehr alle, oder?«, höre ich Herrn Becker sagen. »Es rennt sogar durch die Zäune. So einen Verrückten hatten wir noch nie auf dem Hof.«

Langsam löse ich mich aus Max' Armen und auch Solon hebt seinen schweren Kopf von meiner Schulter. Im ersten Moment traue ich mir gar nicht, Max anzuschauen. Ich sehe nur auf den nassen Fleck auf seinem Hoodie. Dann aber bemerke ich, dass sich auch in seinen Augen Tränen gebildet haben, die er nun verlegen zur Seite wischt.

»Puh, das Pferd ist echt eine Herausforderung«, sagt er und krault Solon die Nüstern, während er versucht, die Fassung wiederzubekommen.

Papa und Herr Becker sind näher gekommen.

»Ich kann gar nicht glauben, dass Solon jetzt dasteht und mit euch rumschmust«, wundert sich Herr Becker. »Im ersten Moment habe ich gedacht, er will deine Schwester beißen.«

Offensichtlich hält er Max und mich für Geschwister. Wir lächeln uns leise zu. Eigentlich müssten wir das aufklären, aber weder Max noch ich haben Lust dazu.

»Ich weiß überhaupt nicht, was ich mit diesem Pferd machen soll«, seufzt Herr Becker und er hört sich wirklich verzweifelt an. »Soll ich ihn noch mal in Beritt geben? Aber das hat ja im Grunde nicht viel gebracht.«

»Vielleicht sollten Sie …«, beginnt Papa, aber Max unterbricht ihn.

»Würden Sie ihn vielleicht verkaufen?«, fragt er. Ich sehe Max von der Seite an. Er sieht ein wenig verlegen aus. Wahrscheinlich hat er noch nie so eine Frage gestellt.

»Und wer will ihn kaufen? Du etwa?«, fragt Herr Becker spöttisch.

Max schiebt verärgert sein Kinn vor. »Ich habe Geld«, sagt er. »Von meiner Konfirmation. Tausendzweihundert Euro.«

Ehrlich gesagt bin ich irgendwie beeindruckt, dass er das sagt. Es ist auch wirklich viel Geld, nur dass Pferde leider meistens teurer sind. Auch wenn sie so durchgeknallt sind wie Solon.

Gerne würde ich Max zu Hilfe kommen und ihm auch einen Geldbetrag anbieten. Leider bin ich aber der absolute Pleitegeier. Mehr als zwei Euro zwanzig habe ich im Moment nicht auf der hohen Kante.

»Du kannst doch nicht einfach ein Pferd kaufen!«, macht ihn Herr Becker plötzlich an. »Du bist doch keine achtzehn. Solche Sachen sollte man mit seinen Eltern besprechen. Und dein Vater …«, er macht eine Kopfbewegung zu Papa, »scheint davon ja nichts zu wissen.«

Max schluckt und senkt den Kopf.

Plötzlich legt Papa seine Hand auf Max' Schulter.

»Weißt du was?«, sagt er in seiner freundlichen und ruhigen Art. »Wie wäre es, wenn ich das Pferd für dich kaufe? Du kannst gut mit ihm umgehen und mit Friedas Hilfe kriegt ihr beide das bestimmt hin.«

Max sieht richtig erschrocken aus. Mit riesigen Augen starrt er Papa an. Eine warme Welle flutet durch meinen Bauch. Papa ist wirklich ein unglaublicher Schatz.

»Würdest du das wirklich tun?«, stammelt Max. Er ist überwältigt von dieser Idee.

»Du hast es verdient«, meint Papa freundlich und nimmt seine Hand wieder von Max' Schulter, weil er merkt, dass ihm das nahe geht. »Du hast uns so viel auf dem Hof geholfen und sogar dein altes Pferd mit in den Betrieb eingebracht. Da wird es Zeit, dass wir mal Danke sagen. Außerdem braucht so ein guter Reiter wie du eine Herausforderung. Und für deinen Tónn wird es Zeit, dass er in Rente geht.«

»Oh«, sagt Max. »Ja. Das wäre ... das wäre ziemlich gut.«

»Also dann«, wendet sich Papa an Herrn Becker. »Reden wir doch einfach mal über einen guten Preis, okay?«

»Kommen Sie mit«, schlägt Herr Becker vor.

Papa wendet sich an mich. »Macht ihr Solon in der Zwischenzeit für den Hänger fertig?«, fragt er.

Ich schaue Max an und sehe, wie seine Mundwinkel verdächtig zucken.

»Gibt es hier irgendwo eine Toilette?«, fragt er. »Ich glaube, ich muss mal.«

Herr Becker zeigt ihm die Richtung und Max macht sich so schnell er kann aus dem Staub. An dem Zucken seiner Schultern kann ich erkennen, dass er Mühe hat, die Fassung zu bewahren. Und ich bin mir ziemlich sicher, dass er auf's Klo möchte, weil er einfach mal in Ruhe heulen möchte. Ich aber habe mich wieder gefangen. Ich binde Solon an der Anbindestange fest und mache ihm Gamaschen um die Beine, damit er sich beim Transport nicht verletzt. Unruhige Pferde wie er schlagen gerne aus. Außerdem richte ich ein Heunetz im Hänger ein und streue etwas Stroh in den Wagen, damit Solon es gemütlich hat. Er lässt mich nicht aus den Augen. Offensichtlich weiß er genau, dass wir ihn jetzt mitnehmen.

Max kommt von der Toilette zurück. Seine Augen schimmern verdächtig, aber er strahlt. Hinter ihm tauchen Papa und Herr Becker auf. Auch sie machen einen zufriedenen Eindruck. Offenbar sind sie sich einig geworden.

Anerkennend schauen alle zu mir, betrachten den Hänger, den ich so schön eingerichtet habe, sehen dann zu Solon, der ruhig und entspannt neben mir steht. Max atmet tief durch.

»Was für ein Freak«, murmelt er.

»Und der gehört jetzt dir«, lächelt Papa.

13. KAPITEL
RENNPASS

Es ist unglaublich, welche Verwandlung in Solon und auch in Max vorgeht, seit Solon wieder bei uns ist. Solon ist plötzlich teamfähig geworden und lässt sich in die Herde eingliedern. Dort steht er immer in Tónns und Alvaras Nähe.

Auch Max hat sich noch mal verändert. Er war ja sowieso schon fleißig, aber seit Papa ihm Solon gekauft hat, tut er alles auf dem Hof, was an Arbeit ansteht. Im Gegensatz zu Paul, dem man immer sagen muss, was zu machen ist, sieht Max die Arbeit von ganz allein. Er fegt, wenn Dreck von Hufresten und Fußspuren auf dem Pflaster liegen, er mistet die Ställe mit Greta und mir zusammen, er bringt Wasser auf die Wiesen, er hilft bei den Kinderreitstunden … Eigentlich ist er von morgens bis abends auf dem Hof. Aber das ist nicht alles. Er sieht dazu noch unglaublich gut gelaunt aus. Er grinst und macht coole Sprüche oder er singt irgendwas. Das klingt zwar oft ein bisschen schief, aber man spürt seine gute Laune aus allen Knopflöchern.

Ehrlich gesagt macht mir das auch ziemlich gute Laune. Wenn ich morgens aufwache, freue ich mich schon auf den

Tag und darauf, mit Max beim Frühstück Pläne zu schmieden.

»Ich habe überlegt, ob ich euch mal wieder Reitunterricht gebe«, schlägt Meike plötzlich beim Frühstück vor. »Ihr reitet alle total gut, aber es ist nicht schlecht, die eine oder andere Dressurübung noch mal zu wiederholen.«

»Wir können ja auch mal wieder ein Turnier veranstalten«, überlegt Omi plötzlich. Dann schaut sie kurz zu Papa hinüber. »Früher haben wir das oft gemacht, nicht wahr, Noah?«

Ich sehe, dass Papa plötzlich etwas traurig wirkt. Ehrlich gesagt kann ich mich an kein einziges Turnier auf unserem Hof erinnern, aber ich weiß genau, dass Mama früher zu solchen Turnieren eingeladen hat. Es gibt wunderschöne Fotos von ihr, wie sie den Hof schmückt und später Schleifen an die Gewinner verteilt. Auch Papa scheint jetzt an Mama zu denken.

»Ich weiß nicht«, sagt er darum leise.

»Für die Kinder wäre das bestimmt ein Ansporn«, überlegt Meike, die nicht mitgekriegt hat, dass er plötzlich traurig wirkt. »Wir können ja zu einer Gangprüfung einladen. Ihr habt diese wundervolle Ovalbahn. Und ihr habt richtig gute Fünfgänger. Wenn wir mit denen über die Ovalbahn tölten …«

»… oder sogar Rennpass gehen«, fällt mir ein.

»Wahnsinn. Ja, Rennpass. Den wollte ich immer schon mal lernen!«, ruft Greta begeistert. Dann verdüstert sich ihr Gesicht. »Aber mit welchem Pferd?«

Greta hat kein eigenes Pferd. Das hat sie selbst so entschieden, weil sie sich nicht auf ein einziges Pferd festlegen will. Stattdessen hat sie alle Pferde auf unserem Hof gleich lieb. Ich bin mir aber sicher, dass sie es manchmal vermisst, ein eigenes Pferd zu haben.

»Wir finden ein Pferd für dich!«, beruhigt sie Omi.

»Aber Rennpass – ich weiß nicht«, gibt Tante Susi zu bedenken. Sie hat immer ein bisschen Angst um uns. »Wisst ihr eigentlich, dass ein Pferd dann bis zu vierzig Stundenkilometer rennt? Das ist ziemlich gefährlich.«

»Außerdem drehen Pferde wirklich durch, wenn sie zu viel Rennpass geritten werden«, bemerkt Meike. »Es ist, als würde sich bei ihnen ein Schalter im Kopf umlegen. Ich kenne ein Pferd, das nur noch Rennpass laufen will, sonst nichts. Sobald man auf seinen Rücken steigt, rennt es Rennpass.«

»Unglaublich«, lacht Papa. »Mit dem kann man bestimmt jedes Pferderennen gewinnen.«

»Ja, das kann man«, stimmt Meike zu. »Der gewinnt wirklich immer. Nur bei den Gangprüfungen kriegt man den nicht in den Tölt.«

Papa und Meike lachen sich zu. Mir fällt plötzlich auf, dass sich die beiden ziemlich gut verstehen. Sie sind bei der Arbeit oft zusammen und danach wirkt Papa immer sehr glücklich.

»Also gut. Wir reiten nicht zu viel Rennpass. Aber ein bisschen sollten wir es probieren, okay?«, fasst Max die Dinge zusammen.

»Und ich filme«, meldet sich Franzi und teilt dabei mit, dass sie keine Lust auf eine Reitstunde hat. »Meine Fans werden sich bestimmt für euer Rennen interessieren.«

Die Ovalbahn reicht Meike für die Übungszwecke nicht. Der Rennpass kann nicht in den Kurven geritten werden und die lange Seite ist Meike zu kurz. Sie will die Gangart lieber auf einer geraden Strecke mit uns ausprobieren. Aber auch das Gelände ist ihr für den Anfang zu gefährlich. Nachher gehen uns die Pferde durch und rennen bis zum Horizont, ist ihre Befürchtung. Darum entscheidet sie sich, den Unterricht früh morgens zu machen, bevor die Pferde auf die Wiesen kommen. Damit wir eine längere Strecke für den Rennpass haben, öffnet sie die Zäune und vergrößert auf diese Weise die Weiden.

»Es ist nicht so schön auf dem Gras, aber für die Übung reicht es«, überlegt Meike. »Ihr sollt ja erst mal wissen, wie man es überhaupt macht, und dann ein Gefühl für die Geschwindigkeit bekommen.«

»Außerdem fallen wir weicher, wenn wir ins Gras fallen«, fügt Max grinsend hinzu.

Tante Susi setzt sofort wieder ihr sorgenvolles Gesicht auf. »Bei vierzig Stundenkilometern ist das trotzdem gefährlich.«

»Keine Panik, war nur ein Scherz«, winkt Max ab. »Wir fallen doch nicht von einem geraden Pferderücken.«

Trotzdem entspannt sich Tante Susi nicht.

Alle Kirks stehen am Zaun, um bei unseren Versuchen zuzuschauen. Sogar Paul haben wir aus dem Zimmer gelockt. Er hat sich Sküggi gesattelt und will sogar mitreiten. Auch Greta hat sich eine Fünfgangstute geholt, Drottning, die einen wahnsinnig schönen Tölt hat.

»Ich zeige euch mal, wie es geht«, beginnt Meike mit dem Unterricht. »Melkorka kann es, allerdings bin ich selbst noch nicht so oft Rennpass geritten.« Meike steigt auf ihr Pferd und nimmt die Zügel auf. Dann schaut sie auf die geöffneten Wiesen. »Ihr reitet ungefähr bis zur zweiten Wiese im Galopp, dann legt ihr das äußere Bein verwahrend zurück, das innere Bein treibt. Das Gleiche macht ihr mit den Zügeln. Wenn ihr alles richtig gemacht habt, habt ihr euer Pferd danach im Pass. Und dann gebt ihr Gas und wooom – Rennpass!«

»Wow, hört sich gut an«, murmelt Max. Dann wendet er sich an Solon. »Hast du zugehört?«, fragt er ihn. Solon hat tatsächlich wieder sein eifriges Gesicht aufgesetzt.

Gemeinsam sehen wir alle zu, wie Meike angaloppiert. Ich

kann deutlich sehen, wie sie die Hände vorgibt und treibt, und jetzt schießt Melkorka wie ein Blitz über die Wiese. Es geht so schnell, dass ich mich kaum auf die Beinfolge konzentrieren kann. Da ist die Wiese auch schon zu Ende und Meike pariert durch. Dann aber wendet sie ihr Pferd und kommt im Rennpass zurück.

»Das ist ja wahnsinnig!«, murmelt Max Solon zu. »Das machen wir gleich genauso, okay?«

Solon scheint von der Übung angetan zu sein. Max steigt auf.

»Ich wünsche mir einen weißen Grabstein mit goldener Aufschrift«, ruft er uns zu. Dann wirft er Papa einen kurzen Blick zu und ihm fällt offenbar wieder ein, dass Papa einen lieben Menschen verloren hat. »Entschuldigung«, murmelt er darum ein bisschen verlegen in Papas Richtung, aber Papa scheint bei dem Spruch gar nicht an Mama gedacht zu haben. Er folgt Max mit aufmerksamem Blick.

»Ich kann mir vorstellen, dass dieses Pferd abgeht wie Schmitz Katze«, sagt er.

Max winkt kurz in die Runde. Dann galoppiert er an. Er ist schnell. In kurzer Zeit ist er am Ende der zweiten Wiese angekommen. Ich halte die Luft an, sehe, wie Max seine Beinhaltung verändert und die Zügel annimmt. Wow! Solon reckt den Kopf gerade in die Luft, wie beim Tölt, und rennt los. In einem kurzen wilden Rhythmus wirft er die Beine hin und her. Wahnsinnig sieht das aus.

Am Ende der Wiese pariert Max durch und wendet. Dann kommt er zurück und hält atemlos mit Solon direkt vor Alvara und mir an.

»Das ist der totale Wahnsinn!«, ruft er. »Als würde man mit einem offenen Cabrio bis zum Wald brettern. Oder als würde man Jagdgalopp reiten. Nur noch besser.«

»Ich will auch mal!«, beschließe ich, obwohl ich schon vom Zugucken einen Puls von hundertdreißig habe.

»Okay. Dann ist jetzt Frieda dran«, bestimmt Meike. »Hast du deine Kappe gut zu?«

Ich nickte, überprüfe meinen Reithelm aber vorsichtshalber noch einmal und gehe dann an den Start. Alvara ist genauso aufgeregt wie ich. Pferde haben immer ein gutes Gespür dafür, wenn etwas Besonderes passiert. Jetzt treibe ich Alvara an und sie springt schnell in den Galopp. Einen Moment lang muss ich überlegen, welches Bein überhaupt wo liegt – alles geht so schnell, aber dann habe ich sie tatsächlich in den Pass gelegt. Jetzt treibe ich noch mehr, und tatsächlich – sie rast los wie der Teufel. Das muss Rennpass sein! Ich komme kaum mit dem Atmen hinterher. Leider sehe ich jetzt schon das Ende der Wiese kommen und muss durchparieren. Auf dem Weg zurück sind wir gelassener. Jetzt weiß ich ja, wie sich die Gangart anfühlt, und kann mit viel mehr Konzentration reiten. Als ich bei den anderen angekommen bin, klatschen alle. Ich schaue zu Max und sehe, dass er wie ein Honigkuchenpferd grinst. Auch er klatscht und darüber freue ich mich ganz besonders.

Auch Paul und Greta versuchen Rennpass zu reiten. Aber jetzt ist es tatsächlich ein Nachteil, dass sie kein eigenes Pferd haben, das sie so gut kennen wie Max und ich unsere Pferde, denn man braucht großes Vertrauen in sein Pferd, wenn man so eine Gangart ausprobieren möchte. Zuletzt reiten die Erwachsenen Rennpass. Papa leiht sich dazu Alvara aus und bei ihm klappt es auch sehr gut.

»Ein Traumpferd, das richtig gut ausgebildet wurde«, sagt er zu mir, als er sie mir zurückgibt. Das macht mich richtig stolz.

»Hast du Lust auf einen kleinen Abendausritt?«, fragt Max. Er fragt es nur so nebenbei, während er den Hof fegt. Ich bin mir im ersten Moment gar nicht so sicher, ob er mich meint. Aber er guckt mich an und sieht ein bisschen verlegen aus. Als hätte er mich nach einem Date gefragt.

»Klar. Jederzeit«, erwidere ich und versuche, lässig zu klingen. Dabei klopft mein Herz ein bisschen schneller als vorher. Ich hätte nicht gedacht, dass ich Max mal so lieb gewinnen würde. »Welches deiner vielen Pferde nimmst du?«

»Solon«, antwortet Max. »Tónn ist heute schon geritten worden.«

In dem Moment kommt Meike über den Hof.

»Wir reiten noch mal eine kleine Runde, okay, Mama?«, wendet sich Max an seine Mutter. Die sieht ihn misstrauisch an. »Aber keinen Rennpass. Ehrenwort?«

»Nein, wirklich nicht«, verspricht Max, obwohl ich ihm ansehen kann, dass ihm das Versprechen schwerfällt. Gerade diese schöne sandige Strecke durch die Felder würde sich wundervoll für den Rennpass eignen.

»Nehmt eure Handys mit. Und zum Abendessen seid ihr wieder da, versprochen?«

»Versprochen«, erwidert Max.

14. KAPITEL
TILVERA FRA HAGA

Als Max und ich vom Hof reiten wollen, springt uns Franzi mit ihrer Videokamera entgegen.

»Da sind ja unsere beiden wieder«, kichert sie und richtet die Kamera auf uns. Dabei macht sie ein geheimnisvolles Gesicht, als wollte sie sagen: Unser Traumpaar ist wieder unterwegs.

»Geh aus dem Weg«, brummt Max genervt. »Wir brauchen ein bisschen Entspannung.«

»Die könnt ihr haben«, flötet Franzi und als ich mich umdrehe, sehe ich, dass sie hinter uns her filmt. »Viel Spaß«, kichert sie noch. Das ist mir echt peinlich.

»Bin ich froh, dass ich keine Cousine habe«, murmelt Max, aber eigentlich klingt es ein bisschen traurig. Ich glaube nämlich schon, dass es Max gefällt, in einer großen Familie zu leben. Auch wenn einige Familienmitglieder etwas nervig sind, ist es doch lustig, zusammen zu sein, und wenn man mal über den einen oder anderen ablästern kann, macht es auch Spaß.

»Wollen wir mal ein bisschen schneller reiten?«, frage ich. »Trab oder Tölt?«

»Von mir aus jederzeit«, antwortet Max.

Ich trabe an, Max töltet. Wir reiten nebeneinander her und passen auf, dass niemand den anderen überholt.

»Okay, durchparieren, oder?«, frage ich, als wir an der Birke angekommen sind, hinter der der Weg ein bisschen steiniger wird.

Ich nehme die Zügel an und sehe, dass auch Max sein Gewicht tiefer in den Sattel verlagert, um durchzuparieren. Plötzlich aber reckt Solon den Kopf in die Höhe und streckt den Rücken durch. Max hat schon die Zügel nachgegeben, um einen entspannten Schritt zu reiten, da startet Solon plötzlich durch. Es sieht fast so aus, als hätte er auf diesen Moment gewartet. Schnell zieht Max die Zügel an und setzt sich tiefer in den Sattel, doch Solon achtet überhaupt nicht auf ihn. Im Gegenteil. Er schiebt das Gebiss vor und rennt los. Galopp, dann schneller und schneller und jetzt … Rennpass. Ich kann überhaupt nichts machen, sehe nur, wie Max hinter der nächsten Kurve verschwindet. Sofort treibe ich auch Alvara wieder an. Wir galoppieren bis zur Kurve, doch von Max und Solon fehlt jede Spur.

Wir stehen an einer Weggabelung. Hier haben wir schon einmal gestanden, als wir Solon gesucht haben. Damals ist er geradeaus weiter bis zu den Windrädern gelaufen und ich habe auch jetzt das Gefühl, dass er dorthin gerannt sein könnte. Wieder treibe ich Alvara an. Sie ist eigentlich schon erschöpft, schließlich ist sie heute schon Rennpass gegangen. Außerdem hat sie eine Kinderreitstunde mitgemacht. Trotzdem kann ich ihr diesen schnellen Ritt nicht ersparen. Ich habe furchtbare Angst um Max.

Endlich sind die Windräder in Sicht und ich lasse Alvara wieder langsamer gehen. Liebevoll klopfe ich ihr auf den nassen Hals und lobe sie, während ich in alle Richtungen schaue.

»Max?«, rufe ich. »Max? Bist du hier?«

Es kommt keine Antwort. Langsam reite ich am Zaun vorbei, der die Windräder absperrt. Bisher ist Solon immer hierhin gerannt, wenn er abgehauen ist. Aber diesmal sind er und Max nicht zu sehen.

»Max!«, schreie ich noch einmal so laut ich kann. Als ich ein zweites Mal rufe, überschlägt sich meine Stimme richtig, aber Max scheint mich nicht zu hören. Das Handy fällt mir ein. Ich muss Papa anrufen und ihn um Hilfe bitten. Es kostet mich Überwindung, das zu machen, weil ich weiß, dass Papa dann schnell in Angst gerät. Gerade habe ich mein Smartphone aus der Tasche gezogen, da setzt sich Alvara wieder in Bewegung. Es ist, als hätte sie etwas gesehen. Ich gebe die Zügel vor und lasse sie vorangehen. Sie geht weiter und weiter am Zaun entlang und als er zu Ende ist, biegt sie plötzlich in einen kleinen Weg ein. Dieser Weg ist mir noch nie aufgefallen. Wir reiten viel zu selten in diese Richtung.

»Max!«, schreie ich wieder, während ich langsam mit Alvara weiterreite.

Jetzt bilde ich mir ein, eine Antwort zu hören. Ich pariere Alvara durch und lausche.

»Max?«, rufe ich noch einmal.

Ja, jetzt höre ich eine Antwort. »Ich bin hier!«, schreit eine Stimme. Sie scheint aus dem Weg zu kommen. Wieder treibe ich Alvara an. Sie geht jetzt schneller. Der Weg wird zunächst enger, dann wieder breiter und schließlich verläuft eine Straße am Weg entlang. Auf der anderen Seite der Straße sehe ich ein kleines graues Haus. Wie ein Bauernhaus sieht es aus – es ist allerdings ziemlich verfallen.

»Bist du hier, Max?«, rufe ich noch einmal.

Tatsächlich. Jetzt sehe ich Max am Ende des Weges stehen, fast vor der Eingangstür des Hauses. Er winkt mir zu.

»Komm mal her!«, ruft er und klingt ziemlich aufgeregt.

Ich halte mit Alvara auf ihn zu.

»Was machst du? Wo ist Solon?«, will ich wissen.

Aber dann sehe ich Solon schon. Er steht vor der Stalltür des alten Hofes und scharrt mit den Hufen.

Ich springe von Alvaras Rücken und führe sie zu Max hinüber.

»Was hat er?«, will ich wissen.

»Keine Ahnung«, meint Max. »Aber er scheint das alles zu kennen.«

»Meinst du, er ist hier aufgewachsen?«, will ich wissen.

Max macht eine Kopfbewegung zu einem Schild, das ziemlich schief hinter einer Eiche hervorlugt. »Hof Ackermann« steht darauf. Der Name kommt mir bekannt vor.

»Das ist der Hof, von dem er kommt, oder?«, staune ich.

Max nickt. »Das hat jedenfalls Herr Becker gesagt. Und das steht auch in seinen Papieren«, erklärt Max.

»Ich wusste gar nicht, dass der Hof so nahe bei uns ist«, wundere ich mich.

»Ich auch nicht«, erwidert Max. »Aber dein Vater kannte ihn ja.«

Wieder scharrt Solon mit den Hufen. Dann tritt er gegen die Stalltür.

»Sollen wir mal reingehen?«, fragt Max. Er sieht zwar ängstlich, aber auch ziemlich neugierig aus.

»Lieber nicht«, sage ich. »Das ist Hausfriedensbruch.«

»Aber hier ist doch keiner«, meint Max. »Der Hof sieht ganz verlassen und verfallen aus. Guck mal, die Fenster da unten sind sogar zugenagelt.«

»Trotzdem. Er gehört uns nicht«, gebe ich zu Bedenken.

Solon dagegen schert sich nicht um die Gesetze. Jetzt tritt er so hart gegen die Tür, dass das Holz an einer Stelle splittert.

»Bevor er es eintritt ...«, murmelt Max und zerrt nun selbst an der Tür. Solon schaut ihm aufgeregt dabei zu. Die Tür ist nicht versperrt und mit ein bisschen Geruckel und Geschiebe kann Max sie tatsächlich zur Seite drücken. Als er sie ein kleines Stück weiter geschoben hat, drängt sich Solon mit seinem Körper dazwischen und hilft ihm, sie noch weiter zu öffnen. Dann drückt er sich in den Stall. Max folgt ihm.

Mir bleibt nichts anderes übrig, als mitzugehen. Dabei schlägt mein Herz bis zum Hals. Ich fühle mich überhaupt nicht wohl in meiner Haut. Alvara scheint meine Angst zu spüren, denn sie bleibt in der Tür stehen und weigert sich weiterzugehen. Da ich sie nicht losmachen will, bleibe auch ich stehen und spähe vom Eingang aus in die Stallgasse hinein. Hier sind verschiedene Pferdeboxen. Einige sind geöffnet, bei einigen ist die Tür aus den Angeln gehoben.

Solon wandert aufgeregt von einer Tür zur anderen und bleibt schließlich vor einer Box stehen.

»Was ist denn da, Solon?«, höre ich Max' Stimme. »Willst du mal gucken?«

Er scheint seinem Pferd die Box aufzumachen. Jetzt kann ich keine Rücksicht mehr auf Alvara nehmen. Ich lege ihr die Zügel auf den Rücken und lasse sie los. Dann trete ich ebenfalls in den Stall. Solon ist in einer Box verschwunden und geht dort auf und ab.

»Er sucht etwas«, sagt Max zu mir, der offenbar froh ist, dass ich jetzt neben ihm stehe.

Tatsächlich wandert Solon unglaublich unruhig in der Box hin und her und schnuppert. Ein alter Pferdeapfel liegt auf einem Strohrest in der Ecke und Solon steckt sofort seine Nase hinein. Danach sieht er sehr aufgeregt aus, so als hätte er einen Duft aufgespürt, der ihm bekannt vorkommt.

Jetzt sehe ich, dass ein Schild an der Tür hängt. »Tilvera fra Haga« steht da.

»Tilvera. Hast du gelesen, Max?«, frage ich und zeige auf das Schild.

Aufgeregt schaut Solon mich an. Er hat die Ohren nach vorne gerichtet.

»Ist das das Pferd, das du suchst, Solon?«, frage ich.

Solon kommt auf mich zu und ich weiß genau, dass er mir wieder seinen Kopf an meine Schläfe legen will.

»Komm!«, sage ich und breite meine Arme aus.

Solon stürzt sich geradezu hinein und reibt seinen Kopf an meiner Schulter. Das Bild, das er mir schickt, haut mich fast um. Ich sehe ein wunderschönes Pferd vor mir, ein Braunfalbe mit einem dunkelbraunen Fell und einer sehr hellen Mähne. Die Mähne ist unglaublich schön und dicht und fällt dem Pferd lang am Hals herunter. Solon steht ganz still. Ich spüre, wie weh es ihm tut, an dieses Pferd zu denken.

Ich streichele seinen Hals. »Es ist wunderschön«, sage ich leise. »Du hast es sehr lieb gehabt, oder?«

Nun kommt Max zu uns. »Darf ich das Bild auch mal sehen?«, fragt er Solon und stellt sich neben mich. Da schiebt Solon seinen Kopf zu Max hinüber. Wieder sehe ich dieses schöne Pferd und weiß, dass auch Max das Bild zu sehen bekommt.

»Wow!«, murmelt Max. »So ein schönes Pferd habe ich schon lange nicht mehr gesehen. Eine Stute, oder? Sie sieht fast aus wie du. Nur die Mähne ist anders.« Er lacht. »Und was für eine Mähne! Die sieht fast aus wie Tina Turner.«

Solon wird aufdringlicher. Er reibt seinen Kopf verzweifelt an meinem, weil er offenbar hofft, dass ich ihm helfen kann. Aber ich weiß ja auch nicht, wo ich diese Stute finden soll.

Ein Geräusch lässt uns plötzlich zusammenzucken. Solon springt zurück und beinahe wären Max und ich schon wieder zusammengeknallt. Gott sei Dank fangen wir uns in der letzten Minute. Dann fahren wir herum. Etwas kriecht aus dem Strohberg, der sich am Ende der Stallgasse befindet.

»Eine Katze«, murmelt Max erleichtert. »Es ist nur eine Katze.«

Ich stoße einen Seufzer der Erleichterung aus. »Puh. Ich hatte ganz schön Schiss.«

»Ich auch«, gibt Max zu.

Jetzt halte ich es hier in dem verfallenen Stall nicht mehr aus. Es ist mir einfach zu unheimlich.

»Lass uns gehen, ja?« Ich taste mich langsam zur Tür. Max zögert noch. Offenbar möchte er Solon noch ein bisschen Zeit geben. Aber ich will nur noch weg. Rückwärts weiche ich weiter zurück, bis zur Tür. Plötzlich legt sich ein Arm um mich und reißt mich nach hinten. Ich schreie kurz auf. Das ist definitiv keine Katze!

»Was macht ihr hier?«, zischt mir eine Stimme ins Ohr. Es hört sich nach einer Frau an. Allerdings kann ich sie nicht sehen, weil sie mich so fest in den Griff genommen hat. Unglaublich, was für eine Kraft sie hat!

Ich versuche, mich aus ihrem Klammergriff zu befreien, da lässt sie mich plötzlich los und schubst mich in die Stallgasse zurück. Dann hebt sie ihren Arm und ich sehe, dass sie eine Mistgabel in der Hand hält. Ich weiche zurück.

Jetzt kann ich die Frau genauer ansehen. Sie sieht aus, als wäre sie hundert Jahre alt, klein und runzelig, mit Gummistiefeln, Trainingsklamotten und einer alten schmutzigen Schürze.

»Frieda?«, höre ich Max' Stimme und nun kommt er zusammen mit Solon aus der Box. Als er die alte Frau sieht, werden seine Augen ganz groß. »Oh«, stammelt er erschrocken. »Wer sind Sie denn?«

Das ist sicherlich nicht die klügste Frage, denn die alte Frau lacht böse.

»Was ihr hier macht, will ich wissen«, zischt sie und richtet ihre Mistgabel direkt auf Max. Solon legt die Ohren an. Die Frau weiß offenbar gar nicht, in welche Gefahr sie sich bringt, aber Max sieht es sofort.

»Vorsicht!«, warnt er sie. »Das Pferd kann ziemlich sauer werden.«

Die Frau betrachtet Solon genauer.

»Ist das nicht das Pferd von dem alten Ackermann?«, fragt sie. Und jetzt lässt sie Gott sei Dank die Mistgabel sinken.

»Das ist Solon«, erklärt Max. »Kennen Sie ihn? Er ist uns weggelaufen, weil er genau hierhin wollte. Er scheint auf diesem Hof gelebt zu haben.«

Wieder ein langer Blick der verrückten Alten.

»Mutter?«, hören wir nun eine Stimme, die sich nach einem jüngeren Mann anhört. Oh nein! Noch jemand? Offenbar scheinen wir hier in ein Familientreffen geraten zu sein.

Jetzt höre ich Alvara draußen wiehern. Wahrscheinlich ist der Mann bei ihr. Das macht mich total unruhig. Ich will nicht, dass jemand mit meinem Pferd redet, den ich gar nicht kenne.

»Komm mal in den Stall!«, ruft die alte Frau dem Typen zu. »Hier sind zwei Pferdediebe, die hier herumschnüffeln.«

Neben der Tür taucht ein jüngerer Mann auf, der zwar auch ein bisschen seltsam, aber immerhin nicht so verrückt aussieht. Er schaut von Max zu mir, dann zu der alten Frau und schließlich zu Solon.

»Was macht ihr hier?«, will auch er wissen.

Ich scheine offensichtlich die Klügste von allen zu sein. Darum übernehme ich es nun zu reden und dabei gleich meine gute Erziehung zu zeigen.

»Entschuldigung, dass wir hier einfach so reingegangen sind«, sage ich. »Wir dachten, der Stall wäre leer.« Ich mache eine Kopfbewegung zu Solon. »Unser Pferd ist uns weggelaufen, und es wollte unbedingt hierhin. Es wollte in diesen Stall und in diese Box. Kann es vielleicht sein, dass es hier gelebt hat oder dass es ein anderes Pferd kennt, das in dieser Box gestanden hat?«

Der Mann betrachtet Solon mit ähnlich abschätzendem Blick wie die Frau. Immerhin gibt er sich Mühe, über meine Frage nachzudenken. Ich beglückwünsche mich für meine positive Ausstrahlung auf seltsame Gestalten.

»Sieht aus wie dieser Zwilling, oder?«, fragt der Mann seine Mutter.

»Dachte ich auch«, brummt sie.

»Dieses Pferd ist ziemlich schwierig und rennt immer wieder weg«, erkläre ich weiter. »Wir wollten rauskriegen, warum es sich so verhält. Also, vielleicht hat es hier irgendetwas erlebt …«

Der Mann geht einen Schritt näher auf Solon zu. Solons Ohren legen sich fast flach auf die Mähne.

»Ich habe sie dir nicht weggenommen!«, sagt der Mann zu Solon. »Ich habe überhaupt nichts mit der Sache zu tun.«

»Wovon reden Sie?«, ruft Max. »Wer ist wem weggenommen worden?«

Der Mann seufzt leise. »Der hat hier auf dem Hof gelebt«, erklärt er und zeigt auf Solon. »Ein schwieriges Pferd. Eine Zwillingsgeburt. Erst kam er, dann die Schwester. Die beiden konnten sich nach der Geburt kaum auf den Beinen halten. Für die Mutterstute war das viel zu viel. Die war total erschöpft. Hat nur noch im Stroh gelegen.«

»Solon hat eine Zwillingsschwester?«, fange ich an zu begreifen. »Wer war sie und wo ist sie jetzt?«

Der junge Mann zuckt die Achseln. »Wir wohnen nebenan«, erzählt er. »Wir haben ein paar Kühe und Hühner. Hin und wieder haben wir dem alten Ackermann und seiner Frau geholfen. Die waren ja ganz verrückt nach ihren Pferden.«

Die alte Frau lacht nun und auch das klingt ein bisschen unheimlich.

»Ja, das waren sie«, meint sie.

»Und dann hat ein Pferd Zwillinge bekommen?«, will Max wissen. »Wie kann das denn passieren? Das kommt doch nur ganz selten vor, oder?«

Der Mann nickt. »Der alte Ackermann wollte es selbst nicht glauben«, berichtet er. »Seine Stute hat ein Fohlen gekriegt. Er hat mich geholt, damit ich bei der Geburt helfe. Ein schönes Fohlen.«

»Das war Solon?«, wage ich zu fragen.

»Ja. Der da!« Er zeigt auf Solon. »Der war verdammt schwach. Und viel zu klein und zu dünn. Ich war mir nicht sicher, ob wir den durchkriegen.«

»Und dann kam noch ein Fohlen?«, will Max wissen.

»Genau«, berichtet der Mann. »Ich war schon auf dem Heimweg und dann musste ich noch mal zurück. Die alte Frau Ackermann hat mich geholt. Wir sind die ganze Zeit über gerannt.« Er schaut wieder zu Solon. Der betrachtet ihn nun aufmerksam und ist ganz ruhig geworden. Fast scheint es so, als würde er sich Hilfe von diesem Mann erhoffen.

»Die Mutterstute lag immer noch im Stroh und dann hat sie plötzlich wieder angefangen zu pressen. Plötzlich kam noch ein Fohlen.« Er nickt Solon zu. »Sie war noch schwächer und noch kleiner und stand gar nicht auf.«

Jetzt scheint sich auch die alte Frau zu erinnern. »Ja, das war eine Sache! Du hast den ganzen Abend davon erzählt«, mischt sie sich in das Gespräch ein. Ihre Augen werden lebendig.

»Als ich am Stall ankam, war dieser hier …« – wieder ein Blick zu Solon – »endlich auf den Beinen. Wackelig zwar, aber er hat es hingekriegt. Dann hat er nach den Zitzen der Mutter gesucht.« Der Mann ist jetzt weit weg mit seinen Gedanken. Ich habe das Gefühl, dass er diese Nacht noch klar vor Augen hat. »Die kleine Schwester lag reglos im Stroh. ›Die ist tot‹, hab ich dem Ackermann noch gesagt. ›Da kann man nichts machen.‹ Doch dann ist der Bruder gekommen, hat immer an ihr geschnuppert und hat sie angestupst, als wollte er sie aufwecken.«

Die Geschichte geht mir richtig nahe. Plötzlich kann ich verstehen, warum Solon so sehr an dem anderen Pferd hängt.

»Und dann?«, will ich wissen.

»Die kleine Stute hatte kaum Kraft und als sie endlich auf den Beinen stand, wollte die Mutterstute sie nicht säugen. Die hatte sie wohl schon aufgegeben. Aber ihr Zwillingsbruder hat die kleine Stute immer wieder zu den Zitzen geschubst. Schließlich haben sie beide getrunken«, weiß der Mann zu berichten.

»Und zugefüttert werden mussten sie beide auch«, erinnert sich die Alte.

»Wissen Sie, wo wir die Zwillingsschwester finden können?«, frage ich.

Solon ist nun näher gekommen, als könnte er diese Frage verstehen.

Der Mann zuckt die Achseln. »Die Pferde wurden alle verkauft«, meint er. »Nachdem die alte Frau Ackermann gestorben ist, hat ihr Mann das nicht mehr geschafft. Er ist ins

Altersheim gegangen und die Tochter hat die Pferde verkauft.«

»Offenbar hat sie die beiden getrennt«, bemerke ich und spüre, wie ich ganz traurig werde.

»Bestimmt«, meint der Mann. »Wer will schon zwei Pferde kaufen?«

Ich will noch etwas fragen, doch nun schaut Alvara in den Stall. Sie scheint sich zu wundern, wo ich bleibe.

»Ist das nicht das Pferd«, ruft der Mann überrascht. Dann betrachtet er Alvara.

»Nein, das ist Alvara, mein Pferd«, erkläre ich. »Wir wohnen auf dem Islandhof Hohensonne.«

Der Mann nickt und auch die alte Frau scheint schon von uns gehört zu haben.

»Dann wisst ihr ja, dass man nicht einfach in einen fremden Stall einbricht«, erklärt sie und klingt wieder ziemlich verärgert. »Wir haben nämlich der Tochter von Ackermanns versprochen, dass wir ihren Stall im Blick behalten. Sie will ihn verkaufen, aber wer will in der heutigen Zeit schon einen Hof haben?«

»Bitte entschuldigen Sie noch mal«, zeigt sich nun auch Max von seiner höflichen Seite. »Wir wollten gar nicht hier einbrechen. Wir sind einfach nur Solon gefolgt.«

Der Mann sieht ein wenig mitleidig aus.

»Der scheint sehr an seiner Schwester gehangen zu haben«, meint er. »Ich habe sie oft gesehen, wie sie da oben auf der Wiese zusammengestanden haben. Kopf an Kopf.«

»Ja, das macht er jetzt immer mit Frieda oder mir«, erklärt Max und lächelt traurig. »Schade, dass wir die Schwester nicht ersetzen können.«

»Da kann ich euch leider auch nicht weiterhelfen«, meint der Mann. Dann aber fällt ihm etwas ein. »Oder vielleicht …

ich habe einen Zeitungsartikel über die Zwillingsgeburt«, erinnert er sich plötzlich. »Wenn ihr einen Moment wartet, suche ich ihn euch heraus.«

»Das wäre wundervoll«, freut sich Max.

Der Mann nickt und verlässt den Stall, um zu seinem Hof hinüberzugehen. Auch wir gehen nach draußen. Solon kommt widerstandslos mit.

Als wir auf dem verfallenen Grundstück stehen, spüre ich mein Handy in meiner Tasche vibrieren. Ich ziehe es heraus und sehe, dass wir drei Anrufe von Papa verpasst haben. Offenbar vermissen sie uns auf Hohensonne schon. Schnell rufe ich zurück. Papa ist ziemlich aufgeregt.

»Papa, entschuldige!«, erkläre ich. »Wir sind aufgehalten worden. Aber wir sind in einer halben Stunde zurück. Bitte mach dir keine Sorgen.«

Papa knurrt etwas, aber er klingt sehr erleichtert.

15. KAPITEL
EIN HOFFEST

»Zwillingsgeburt auf Hof Ackermann«, lautet die Überschrift des Zeitungsartikels. Er ist vom 15. 06. 2012.

> Eine ungewöhnliche Geburt gab es gestern auf dem Reiterhof Ackermann in Linderhofe (Nähe Hohensonne). Eine Islandstute brachte überraschend Zwillinge zur Welt. Die Stute war trächtig und erwartete ein Fohlen, doch mit einer Zwillingsgeburt hat niemand gerechnet. Bei der Voruntersuchung gab es keine Anzeichen dafür. So waren die Pferdebesitzer Ackermann sehr überrascht. Nach anfänglichen Schwierigkeiten erholten sich die Pferde und erfreuen sich guter Gesundheit.

»Wahnsinn!«, murmelt Max und lässt den Zeitungsartikel sinken. »Jetzt verstehe ich alles. Wenn sich Solon so um sein Schwesterchen gekümmert hat, kann er es bestimmt nicht verkraften, von ihr getrennt zu sein.«

»Wollen wir mal nach der Schwester googeln?«, frage ich und ziehe mein Smartphone aus der Tasche.

»Da sitzen sie wieder gemeinsam auf der Bank, unsere beiden Süßen«, höre ich Franzi quietschen. Sie richtet ihr Smartphone auf uns. »Wollt ihr unseren Fans mal erzählen, was ihr rausgefunden habt?«

Sie weiß es längst – alle aus unserer Familie wissen es. Wir haben es gestern beim Abendessen, heute Morgen beim Frühstück und dann noch beim Mittagessen erzählt. Jetzt muss es die Welt natürlich auch noch erfahren.

»Oh, Franzi, lass doch mal!«, winke ich ab. Sie geht mir echt auf die Nerven. Ich bin froh, mal mit Max in Ruhe zu überlegen und nachzuforschen. Aber Max scheint plötzlich eine Chance zu wittern.

»Ja, hallo, ihr da draußen in der Welt«, sagt er und winkt Franzi zu. Die ist total begeistert und kommt ein paar Schritte auf ihn zu.

»Wir haben gestern eine wahnsinnige Entdeckung gemacht«, erklärt er und stupst mich an. »Sag doch auch mal was!«

Jetzt nötigt er mich auch noch, mitzumachen. Ich halte den Zeitungsartikel in die Kamera und dann erzählt Max, wie wir das mit dem Zwilling rausgefunden haben.

»Also, Leute, wenn einer von euch eine Islandstute kennt, die Tilvera fra Haga heißt und vom Reiterhof Ackermann in Linderhofe kommt, meldet euch bitte bei uns. Wir würden uns riesig freuen, wenn wir Solon weiterhelfen könnten.«

Jetzt schaut er zu mir.

»Frieda googelt den Namen gerade«, erklärt er und guckt mir über die Schulter. Auch Franzi will mir mit ihrer Kamera über die Schulter schauen, aber das ist mir jetzt doch zu privat. Ich schirme mein Display ab und sie kapiert, dass sie zu weit gegangen ist. Darum richtet sie ihre Kamera nur noch auf mich.

»Nichts«, erkläre ich nach einer Weile. »Tilvera gibt es zwar, aber die anderen Informationen passen nicht.«

»Also …« Franzi macht nun ein Selfie. »Macht mit! Wir suchen Tilvera fra Haga. Rettet Solon. Heft ihm, seine Zwillingsschwester zu finden.«

Dann klickt sie ihr Smartphone aus und sieht sehr zufrieden aus.

»Das wird die beste Story überhaupt«, ruft sie begeistert. »Ein Pferd sucht seine Schwester. Das ist besser als alles, was ich bis jetzt gesendet habe.« Sie starrt auf ihr Display. »Ich habe schon über hundert Likes. Oh Mann, wie cool ist das denn?«

»Schön, dass wir dir helfen konnten«, grinst Max. »Vielleicht blenden wir im Hintergrund immer mal Werbung für den Islandhof Hohensonne ein.«

»Bloß nicht!«, rufe ich entsetzt. »Dann können wir uns vor Arbeit ja gar nicht mehr retten.«

Franzi ist höchstzufrieden. Immer wieder starrt sie auf ihr Display. »Jetzt sind es schon 207 Likes«, murmelt sie.

»Kannst du jetzt jemand anderen nerven?«, frage ich und schiebe sie zur Seite. »Wir wollen mal ein bisschen Ruhe haben.«

»Ja, klar, das verstehe ich«, grinst Franzi verschwörerisch, zwinkert Max zu und macht sich aus dem Staub. Ehrlich, das finde ich ziemlich albern.

»Reg dich nicht auf«, winkt Max ab. »Sie ist total abgedreht, aber vielleicht hilft es Solon ja wirklich.«

»Wäre echt toll«, antworte ich, aber ich glaube es nicht wirklich.

Es gibt wahnsinnig viele Kommentare zu Franzis Film, aber eine echte Hilfe scheint nicht dabei zu sein. Im Gegenteil habe ich das Gefühl, die meisten Leute haben entweder nicht richtig zugehört, oder sie haben gar keine Ahnung von dem, was wir wollen. Immerhin gibt es viele Kommentare und Zugriffe und Franzi ist überglücklich.

Max und ich besuchen die alte Frau und ihren Sohn in Linderhofe noch einige Male. Wir bringen ihnen selbst gebackenen Kuchen von Omi mit, entschuldigen uns noch mal für den Einbruch in den Hof und lassen uns wieder und wieder von der Geburt erzählen. Es tut den seltsamen Menschen gut, Besuch zu haben. Ich habe das Gefühl, sie freuen sich, wenn wir mit ihnen im Wohnzimmer sitzen.

Sie lassen es auch zu, dass wir noch einmal mit Solon über den Hof gehen und ihn überall schnuppern lassen. Ich habe allerdings das Gefühl, dass ihm das nicht gut tut. Er ist sehr aufgeregt, weil er sich offenbar einbildet, seine Schwester wiederzufinden, und als er sie nirgends entdecken kann, wird er sehr traurig. Immer wieder reibt er seinen Kopf an Max' oder meinem und sendet uns die Bilder seiner Schwester. Das macht mich richtig fertig, denn ich weiß nicht, wie ich ihm helfen soll.

Trotz allem wird Solon in den nächsten Tagen ein bisschen ruhiger. Das liegt sicherlich daran, dass er jemanden gefunden hat, der ihn versteht. Außerdem tut ihm das Gangtraining gut. Max, Greta und ich trainieren immer häufiger auf der Ovalbahn und üben mit den Pferden verschiedene Gangarten, darunter sogar hin und wieder Rennpass. Danach wirkt Greta allerdings oft etwas enttäuscht, denn sie findet kein richtig gutes Pferd, mit dem sie mit uns mithalten kann.

»Heute Abend wollen wir uns zusammensetzen und das Hoffest planen«, ruft mir Tante Susi zu, als ich mit Max zusammen auf der Futterraufe sitze. »Macht also eure Schmusestunde nicht so lang.«

»Okay«, nickt Max.

Zum Glück haben unsere Pferde nicht allzu viel auf dem Herzen. Tónn zeigt in bunten Bildern, wie ruhig er auf der Wiese gestanden und das Gras genossen hat. Danach ist Max richtig fröhlich.

»Es tut ihm so gut, endlich mal eine längere Zeit in Ruhe gelassen zu werden«, sagt er. »So ein buntes Bild habe ich schon lange nicht mehr von ihm bekommen.«

Ich bin froh, dass ich zu dieser Veränderung beigetragen habe.

Dann gehen Max und ich gemeinsam zum Haus hinüber, wo meine Großfamilie und Meike schon zusammensitzen und auf uns warten.

»Na endlich!«, seufzt Greta. »Ich dachte schon, ihr kommt nie.«

Es wird mir erst jetzt bewusst, dass offenbar alle auf uns gewartet haben. Das ist mir ein bisschen peinlich. Max und ich scheinen in Familienkreisen schon als enge Freunde zu gelten.

»Also, ich habe mal einen Plan gemacht«, beginnt Omi und rollt eine große weiße Tapete auf dem Tisch aus, auf die sie mit schwarzem Edding unseren Hof eingezeichnet hat. Die Gebäude hat sie als schwarze Kästchen nur angedeutet, aber der Reitplatz, die Ovalbahn, der kleine Platz und der Innenhof sind groß umrahmt. Im Innenhof hat Omi in länglichen Vierecken Sitzbänke und Tische angedeutet.

»Wer macht das denn noch analog?«, stöhnt Franzi und zieht die Nase kraus. Sie hätte jetzt natürlich ein Programm mit einem Beamer an die Wand geworfen, in dem man die Kästchen per Mausklick von links nach rechts verschieben kann. Aber ich finde es so viel gemütlicher. Jetzt sitzen wir alle um den Plan herum, es gibt ein paar weitere Stifte und jeder kann etwas auf die Tapete malen. Und wie ich Omi kenne, wird sie am Ende alles schön sauber neu zeichnen und bis zum Hoffest an die Wohnzimmertür hängen, damit wir immer wieder neu nachdenken können.

»Ich schlage vor, wir beginnen um elf Uhr«, meint Onkel Steffen. »Das haben wir immer so gemacht. Es gibt Brötchen und Kaffee und eine Begrüßungsrede …«

»Wartet mal!«, ruft Franzi jetzt. »Ich muss das meinen Fans mitteilen.« Sie hält ihr Smartphone in unsere Richtung. »Kannst du das noch mal sagen, Papa?«, wendet sie sich an Onkel Steffen. Doch jetzt werden wir alle sauer. Wir wollen in Ruhe planen und nachdenken und keine Schauspieler für Franzis Familienblog sein.

»Steck bloß das Ding weg, sonst hör ich auf mit der Planung«, schimpft Onkel Steffen. Ich habe ihn selten so böse erlebt. »Das fehlt gerade noch, dass du live aus unserem Wohnzimmer sendest.«

»Nachher weiß jeder, wo der Tresor ist«, grinst Max.

»Tresor … von dem wüsste ich aber«, stöhnt Franzi. Sie schmollt und steckt ihr Smartphone wieder in die Tasche. Im ersten Moment habe ich Angst, dass sie jetzt nicht mehr mitmachen will, aber sie ist so fair dabeizubleiben. Schließlich haben wir ihren blöden Blog ja auch schon so lange ertragen.

Die Planung verläuft sehr konzentriert. Auf dem kleinen Reitplatz wollen wir den Kindern die Möglichkeit geben, ihre Reitkünste zu zeigen. Danach soll Ponyreiten für die Kleinsten mit ihren Eltern stattfinden.

Dann veranstalten wir auf dem Reitplatz für alle Reitschüler und ihre Pferde einen Geschicklichkeitsparcours. Einige Hindernisse haben wir sogar noch in der Sattelkammer stehen. Ein Tor zum Beispiel, an dem Flatterbänder befestigt sind. Oder eine breite Wippe, über die die Pferde gehen können. Danach soll eine kleine Dressurprüfung stattfinden.

Wir tragen zusammen, planen und schreiben auf. Die Stimmung ist gut. Einmal sehe ich, wie Papa zum Foto meiner Mutter hinüberschaut. Bestimmt denkt er daran, wie schön sie unsere Hofturniere früher immer vorbereitet hat, und vielleicht ist er glücklich, dass er es nun wieder aufleben lässt. Er lächelt jedenfalls ein bisschen stolz.

»Kommen wir nun zur Ovalbahn«, übernimmt Meike. »Da geht es dann am frühen Nachmittag um ein richtig offizielles Turnier und nicht nur um ein Hausturnier. Wir haben eine richtige Jury und machen eine Gangpferdeprüfung. Schritt, Trab, Tölt, Galopp – das soll alles gezeigt werden. Es wird die Haltung, die Bewegung und natürlich auch der Takt bewertet.«

»Was ist mit Rennpass?«, frage ich.

Meike schaut mich überrascht an. »Ich weiß nicht«, sagt sie dann. »Viele können das nicht. Das wäre als Einsteigerprüfung vielleicht zu schwierig.«

»Man könnte es doch als Sahnehäubchen obendrauf setzen«, schlägt Papa vor. »Also, wer es kann, kann es zeigen. Sieht doch klasse aus.«

»Aber nur eine Bahnlänge!«, warnt Tante Susi. »Sonst ist es zu viel für die Pferde.«

Ich schaue zu Greta hinüber und sehe, dass sie unglücklich wirkt. Ich weiß genau, was sie beschäftigt. Greta hat kein eigenes Pferd und wollte ja auch nie eins, aber beim Stichwort Rennpass spürt sie plötzlich, wie gut es ist, ein Pferd zu haben, das man besser kennt als alle anderen Pferde.

»Dann notieren wir mal«, übernimmt Tante Susi und beugt sich über das Papier.

»Alles okay mit dir, Greta?«, fragt Papa.

Jetzt schauen alle vom Plan auf und blicken zu Greta hinüber. Greta schluckt. Ich sehe, wie sie gegen die Tränen ankämpft.

»Ja, klar. Alles okay«, sagt sie tapfer.

Tante Susi sieht ratlos aus. »Habe ich etwas Falsches gesagt?«, überlegt sie.

»Quatsch!« Greta schnieft nun. »Ich dachte nur, es ist so schade, dass ich kein Pferd habe, mit dem ich Rennpass reiten kann. Ich meine … ist schon okay …« Jetzt laufen ihre Tränen. Das ist Greta ziemlich peinlich. Sie schiebt ihre Brille in die Haare, damit sie sich die Augen reiben kann. »Ich meine, ich wollte das ja immer so«, fährt sie fort. »Aber jetzt merke ich, dass es doch schön ist, wenn man ein eigenes Pferd hat.«

Ich kann das absolut verstehen und ich weiß, dass es Max auch so geht. Es ist toll, wenn man viele verschiedene Pferde reiten kann, aber ein eigenes Pferd zu haben, ist etwas ganz anderes. Wenn man so eine enge Vertrautheit zu einem Pferd hat wie ich zu Alvara oder Max zu Tónn und Solon, wird dieses Pferd zu etwas ganz Besonderem. Bei Max und mir ist es ja sogar so, dass wir mit den Pferden Gedanken austauschen können. Wer kann das schon von sich sagen?

»Oh, Greta, tut mir leid, dass du so traurig bist«, sagt Meike jetzt liebevoll. »Gerade jemand wie du, der so gut reitet und sich so gut auskennt, muss ein eigenes Pferd haben.«

Papa nickt. »Das habe ich ihr oft genug gesagt«, erklärt er und es hört sich fast so an, als wolle er sich verteidigen. »Aber sie wollte nicht. Genauso wie Franzi und Paul. Ihnen war das zu viel. Sie wollten lieber frei sein und verschiedene Pferde reiten, wenn sie Lust darauf hatten. Ein Pferd bedeutet ja auch viel Verantwortung.«

Greta nickt. »Ich glaube, ich war vorher noch nicht so

weit«, sagt sie. »Aber wenn ich es mir recht überlege, möchte ich gerne ein eigenes Pferd haben. Und zwar einen Fünfgänger, der gut tölten kann, aber auch Rennpass läuft.«

»Und von unseren Pferden möchtest du dir kein Pferd ausbilden?«, fragt Omi irritiert.

Greta zuckt die Achseln. »Ich glaube, ich möchte gerne ein ganz neues Pferd haben«, sagt sie.

Papa und Onkel Steffen tauschen einen kurzen Blick.

»Immer einen kleinen Sonderwunsch auf den Lippen«, lacht Onkel Steffen.

Aber im Grunde kann er nichts gegen Gretas Wunsch sagen. Greta arbeitet unendlich viel auf dem Hof und sie jammert nicht, wenn sie beim Reitunterricht helfen muss oder Pferde ausbildet. Sie hat sich schon lange ein richtig schönes eigenes Pferd verdient.

»Nächste Woche findet eine Pferdeauktion statt«, überlegt Papa. »Wir wollen bei der Auktion Akur verkaufen und Prinsessa bei der Fohlen-FEIF vorstellen. Vielleicht können wir ja mal nach einem schönen Pferd für dich suchen, Greta.«

Jetzt haben wir das Hoffest schon fast vergessen. Pferdeauktionen sind immer unglaublich spannend. Und eine Fohlen-FEIF auf der die süßen Fohlen präsentiert werden, ist unglaublich lustig und rührend. Nur mit Mühe konzentrieren wir uns wieder auf unseren Plan.

16. KAPITEL
DIE SUCHE NACH DEM ZWILLING

Zur Pferdeauktion müssen wir ziemlich weit fahren. Sie findet in einem großen Ausbildungszentrum statt und ist fast wie ein kleines Volksfest aufgemacht. Papa, Greta und ich fahren jedes Jahr dorthin, diesmal sind auch Max und Meike mit dabei. Wir haben unseren großen Hänger mitgenommen. Schon das Verladen der Pferde ist nicht so einfach, denn das Fohlen Prinsessa hat Angst, auf den Hänger zu gehen. Wir haben es zwar schon mal mit ihr geübt, aber sie scheint es wieder vergessen zu haben. Jetzt geht sie erst auf die Rampe, als ihre Mutter Molda verladen ist. Dann kommt noch Akur dazu.

»Okay, sie sind drin!«, ruft Papa Meike erleichtert zu, als das kleine Fohlen endlich neben seiner Mutter steht. »Mehr Platz haben wir nicht. Wir müssen also ein Pferd verkaufen, wenn wir ein neues für Greta kaufen wollen.«

»Das werden wir bestimmt schaffen«, nickt Meike zuversichtlich. »So toll wie Akur mittlerweile tölten kann.«

Max grinst vergnügt. Letztendlich ist es seiner guten Ausbildung zu verdanken, dass Akur endlich kapiert hat, wie man töltet.

»Okay, rein mit euch!«, kommandiert Papa. »Hast du Geld dabei, Greta? Die Auktionspferde müssen bar oder per Scheck bezahlt werden.«

»Geld?«, ruft Greta entsetzt. »Ich habe nur zehn Euro.«

»Na, dann muss ich wohl noch ein bisschen was dazulegen, oder?«, seufzt Papa mit gespielter Leidensmiene. »Immer diese Kinder. Die kosten ein Vermögen.«

»Aber wir steigern ja auch den Wert der Pferde«, verteidigt sich Greta. »Max hat Akur ausgebildet und ich habe Prinsessa ans Halfter gewöhnt.«

Papa schaut in den Rückspiegel und betrachtet Greta liebevoll.

»Ich weiß doch, Greta. Wenn wir euch nicht hätten … ihr ersetzt drei voll ausgebildete Pferdepfleger.«

»Dabei kann man so Schlappis wie Colin nur zur Hälfte rechnen«, erinnere ich ihn. »Dann ersetzen wir schon mindestens sechs.«

Papa nickt und lächelt. »Darum sollst du ein richtig schönes und wertvolles Pferd bekommen, Greta«, sagt er. »Das haben wir schon lange geplant.«

»Oh, danke!«, strahlt Greta.

Ich freue mich für sie und werde auch ganz aufgeregt bei dem Gedanken, ein neues gut ausgebildetes Pferd an den Stall zu bekommen. Ich liebe diese besonderen Tage, an denen nicht nur der Verkauf und die Präsentation unserer Pferde, sondern auch mal ein spannender Pferdekauf im Mittelpunkt stehen.

Die Fahrt dauert fast zwei Stunden, dann sind wir endlich da. Das kleine Fohlen ist furchtbar nervös und nassgeschwitzt. Wenn seine Mutter Molda nicht so eine ruhige und erfahrene Stute gewesen wäre, wäre es sicherlich durchgedreht. Aber Molda steht ganz gelassen da und schaut sich den Trubel an, der rundherum herrscht.

Papa und Meike haben sich aufgeteilt. Meike will mit Max zusammen das Fohlen bei der Fohlen-FEIF präsentieren, ich soll Akur bei der Auktion vorstellen und Papa will mit Greta zusammen die Pferde der Auktion begutachten und mitbieten. Wir haben unsere Pferde bereits online angemeldet, jetzt müssen wir nur noch den Schildern folgen, um uns die Startzeiten geben zu lassen.

Papa schnappt sich ein Programmheft und studiert es ausgiebig.

»Um vierzehn Uhr beginnt die Versteigerung«, liest er uns vor. »Aber vorher kann man sich die Pferde anschauen. Komm, Greta, wir gehen mal zum Paddock rüber. Dir viel Glück, Frieda. Pass auf, dass dir Akur nicht in den Trab fällt.«

»Nee, keine Angst«, rufe ich und winkte ihm zu. Aus den Augenwinkeln kann ich sehen, wie Meike und Max mit Molda und Prinsessa zur Fohlenvorstellung hinübergehen. Ich bin froh, dass Max diese Aufgabe übernommen hat. Wenn man das Fohlen vorstellt, muss man ganz schön rennen. Das ist nicht gerade eine Sache, in der ich besonders gut bin. Bei der letzten Fohlen-FEIF bin ich total ins Schwitzen gekommen. Max dagegen ist deutlich sportlicher als ich – jedenfalls was das Rennen betrifft.

Ich nehme Akur ans Halfter und gehe mit ihm zu den Paddocks hinüber, wo die Menschen ihn betrachten können, bevor die Auktion beginnt. Akur hat ziemlich schnell ein paar Interessenten um sich geschart.

»Das ist aber ein ganz besonders schöner Schimmel«, sagt jemand. »Kann er auch tölten?«

»Er ist ein Viergänger«, erkläre ich fachkundig. »Aber er töltet sehr gut. Und er ist auch kein Schimmel, sondern ein Farbwechsler. Er ist im Sommer weiß, im Winter schwarz und in der Zeit dazwischen gescheckt.«

Jetzt zieht Akur noch mehr Aufmerksamkeit auf sich. Viele Menschen bleiben stehen und betrachten ihn genauer.

»Farbwechsler. Das habe ich schon mal gehört, aber ich habe noch nie einen gesehen«, sagt eine Frau.

»Wir haben einige Farbwechsler an unserem Hof«, erkläre ich geduldig. »Wir haben einen schönen Deckhengst und auch zwei Stuten. Sehr liebe und gut ausgebildete Pferde.«

Ich sehe, wie die Menschen in ihre Hefte schauen, in denen alle Pferde aufgelistet werden.

»Sechsjähriger Wallach, ist er das?«, fragt ein Mann.

Ich nicke und spule das ganze Programm runter, alles, was ich über Akur weiß. Verladefromm, Viergänger, guter Tölter, Farbwechsler, lieb im Umgang mit Mensch und Pferd, artig unter dem Sattel, auch für Kinder geeignet.

Kurz sehe ich Papa und Greta in der Menschenmenge. Papa lächelt zu mir herüber. Ich kann ihm ansehen, dass er stolz auf mich ist. Ich bin ziemlich gut im Verkauf. Das habe ich von Papa gelernt. Schon oft habe ich ihm zugehört, wenn er ein Verkaufsgespräch geführt hat.

»Du scheinst ja ganz gut im Geschäft zu sein«, wendet sich eine Frau an mich, die mit ihrem fuchsfarbigen Pferd neben mir steht und wenig beachtet wird.

»Na ja, ein Farbwechsler ist immer etwas Besonderes«, versuche ich, eine Erklärung zu finden. »Eine Fuchsstute mit Blesse ist auf den ersten Blick eher unscheinbar. Da kann man aber punkten, wenn sie gut geritten wird.«

»Stimmt«, seufzt die Frau und schaut sich um. »Bei der Besichtigung haben es einige Pferde leichter. Das Pferd da drüben, zum Beispiel. Das hat ja eine tolle Mähne.«

Gemeinsam schauen wir nun zu einem Pferd hinüber, das sehr gut aussieht. Es ist ein Braunfalbe mit einer hellen Mähne, die in der Sonne richtig feine weiße Strähnen hat. Unglaublich toll sieht es aus. Das scheinen auch Papa und Greta bemerkt zu haben. Sie gehen nun zu dem Pferd hinüber und reden mit dem Besitzer. Der Besitzer ist ein älterer Mann, der nicht besonders freundlich wirkt. Für den Verkauf ist so ein Verhalten ungünstig. Hoffentlich kann er gut reiten, sonst hat er nicht besonders gute Chancen, viel Geld für sein Pferd zu bekommen.

»Was hältst du von der da?«, ruft Papa zu mir herüber. Ich nicke anerkennend und Papa fragt erneut etwas nach. Ich schnappe mir inzwischen das Auktionsheft und suche nach dem Pferd. Allerdings blicke ich bei dieser komplizierten Tabelle nicht wirklich durch.

Papa ruft mir etwas zu. Ich kann es erst nicht verstehen, aber die Frau, die zwischen uns steht, gibt seine Worte weiter.

»Die heißt Tindra!«, erklärt sie.

Tindra. Das ist ein schöner Name. Dann scheint es also eine Stute zu sein. Wieder schaue ich in dem Programmheft nach.

»Die Präsentation der Pferde beginnt!«, ruft nun jemand. »Macht euch bereit.«

Ich knicke das Auktionsheft und schiebe es in die Tasche meiner Turnierjacke. Jetzt ist Konzentration angesagt. Ich sehe, dass Akur unruhig wird. Jemand öffnet einen kleinen Paddock nach dem anderen und wir treten auf die Wiese. Es wird Zeit, die Pferde zu satteln und aufzutrensen.

Papa und Greta sind wieder neben mir, um mir zu helfen.

»Hast du die schöne Stute gesehen?«, ruft mir Greta zu. »Fünfgänger mit ganz viel Tölt, hat der Besitzer gesagt.«

»Und sonst so? Kann sie Rennpass?«, will ich wissen.

»Hat er noch nicht ausprobiert«, erklärt Greta.

Unsere Hände treffen sich am Sattelgurt. Wir beeilen uns, die Riemen zu schließen.

Plötzlich ist es überall hektisch geworden. Eine Pferdeauktion ist immer wahnsinnig spannend. Manchmal bieten sogar Menschen online mit, die die Auktion über einen Livestream verfolgen. Dann muss man ziemlich schnell sein, wenn man ein schönes Pferd ersteigern will.

Ich sehe Papa und Greta an, dass sie nervös sind. Auch ich bin jetzt aufgeregt. Hoffentlich zeigt sich Akur von seiner besten Seite.

Als wir auf der großen Ovalbahn ankommen, wird es wieder ruhiger. Jetzt bekommen wir unsere Startreihenfolge gesagt. Akur und ich sind erst an zwölfter Stelle dran. Das dauert bestimmt noch eine Stunde. Wie gut, dass ich das Auktionsheft mitgenommen habe. Dann habe ich wenigstens etwas zu lesen. Ich schaue nach, was über Akur darin steht, nämlich dass er ein Farbwechsler und Viergänger ist und dass er gut tölten kann. Auch seine Abstammung ist darin vermerkt, außerdem all die Eigenschaften, die ich den Kunden bereits genannt habe.

Die Fuchsstute, die eben noch neben mir stand, ist direkt vor mir dran. Sie heißt Ronja und ist schon zwölf Jahre alt. Aber sie ist sehr turniererfahren und hat schon einige Preise geholt. Und nun sehe ich auch Tindra in der Tabelle vermerkt. Sie heißt eigentlich gar nicht Tindra, sondern … plötzlich stockt mir fast der Atem. Ihr richtiger Name ist Tilvera fra Haga und sie stammt vom Hof Ackermann. In meinem Kopf schwirrt es. Hof Ackermann? Tilvera? Das kann doch nicht wahr sein! War sie mir vielleicht genau deswegen so vertraut? Sie sah Solon ähnlich, nur ihre Mähne war heller.

Aufgeregt drehe ich mich um und suche sie. Sie steht ein ganzes Stück weiter hinten, ein Zeichen dafür, dass sie bestimmt erst eine halbe Stunde nach mir dran ist. Himmel, wenn das Solons Zwillingsschwester ist, müssen wir sie unbedingt kaufen. Unruhig sehe ich mich nach Papa und Greta um. Sie sitzen bereits an einem Tisch in der Nähe der Bande, um einen guten Blick auf die Pferde zu haben.

»Papa!«, rufe ich und winke zu ihm hinüber, aber er ist viel zu weit weg, um mich hören zu können.

»Kannst du wohl mal mein Pferd halten?«, wende ich mich an die Frau mit der Fuchsstute, aber die schüttelt den Kopf.

»Bist du verrückt? Jetzt geht es los!«, winkt sie ab. »Wenn du jetzt noch auf's Klo musst, hast du Pech gehabt.«

Was mache ich bloß? Ich fische mein Handy aus der Tasche und wähle Papas Nummer, aber er geht nicht dran. Also versuche ich es bei Greta, aber auch die scheint das Klingeln nicht zu hören. Sie und Papa sind in eine aufgeregte Diskussion vertieft.

Ich scrolle mich durch meine Kontaktliste und wählte Max' Nummer. Oh, Gott sei Dank, er geht dran.

»Frieda? Ich kann jetzt nicht!«, ruft er atemlos.

Aber das lasse ich nicht zu. »Ganz wichtig!«, schreie ich, damit er mich bloß nicht wegdrückt. »Solons Zwilling ist hier. Tilvera fra Haga. Auf der Auktion!«

»Was?«, brüllt Max zurück. Ich weiß nicht, ob er mich nicht verstanden hat, oder ob er es nicht glauben kann.

»Wir sind dran!«, raunt mir die Frau vor mir zu.

Mist! Mir bleibt nichts anderes übrig, als mein Handy in die Tasche zu stecken und mich bereit zu machen. Hoffentlich hat Max kapiert, was ich von ihm wollte.

Jetzt muss ich mich auf Akur konzentrieren. Die Frau vor mir steht in der Mitte der Bahn neben ihrem Pferd und ich sehe zu, wie die Versteigerung der Fuchsstute beginnt. Einige Menschen heben die Hände. Der Auktionator nennt immer wieder Zahlen und dann fällt der Hammer. Die Stute ist verkauft.

»Unser nächstes Pferd ist Akur, ein Farbwechsler vom Gestüt Hohensonne, ein Viergänger mit viel Tölt. Mutter: Brana von Hohensonne. Vater: Refur, ebenfalls von Hohensonne.«

Aus den Augenwinkeln sehe ich, wie Papa und Greta zu mir herüberschauen und hinter ihnen – was für ein Glück – ist auch Max aufgetaucht. Ob er wohl kapiert hat, dass Solons Schwester unter den Verkaufspferden ist? Ich habe leider keine Gelegenheit, allen ein Zeichen zu machen, denn jetzt muss ich zeigen, was Akur so draufhat. Ich treibe ihn an und er geht in ruhigem und fleißigem Schritt voran, wie er es immer macht. In der Kurve der Ovalbahn trabe ich an. Das geht problemlos. Ich habe Akur vor der Präsentation einige Runden im Schritt geritten und verschiedene Dressurlektionen gemacht. Er ist gelöst und in guter Balance, das spüre ich genau. Jetzt warte ich die lange Seite der Ovalbahn ab und nehme meine Hand etwas höher. Dann setze ich mich tief in den Sattel, strecke die Beine aus und treibe weiter. Akur kapiert sofort, was ich von ihm will. Er hebt den Kopf, geht ein ganz kleines Stück Pass und ich überlege schon, ob ich ihn kurz noch mal zurücknehmen und in den Schritt zurückgehen lasse, da töltet er los. Es ist ein versammelter Tölt, den er da an den Tag legt. Ich spüre gleich, dass es ihm richtig Spaß macht zu zeigen, wie gut er ist. Mit wehender Mähne flitzt er über die lange Seite der Ovalbahn. Ich gebe die Zügel nach, damit er weiß, dass er alles richtig macht. Jetzt kommt wieder eine Kurve. Ich treibe erneut, achte auf meinen guten Sitz und galoppiere ihn an. Sofort schießt er in schnellem Tempo über die andere lange Seite. Als wir wieder in der Kurve angekommen sind, nehme ich ihn zurück, lasse ihn wieder Schritt gehen und streiche ihm über den Hals. Er schnaubt zufrieden. Alles richtig gemacht. Ich bin total erleichtert.

»Wie Sie sehen, ein gangsicheres Pferd«, tönt der Moderator.

Zufrieden reite ich in die Mitte der Ovalbahn, zeige noch ein paar Dressurlektionen und pariere dann durch. Die Hände fliegen bereits in die Höhe, bevor der Auktionator mit seiner Versteigerung beginnt.

»Die Auktion beginnt!«, ruft er. »Das Mindestgebot liegt bei fünftausend Euro. Es wird in Fünfhunderterschritten geboten.«

Nun fliegen die Gebote hin und her. Akur scheint das ein wenig zu überfordern, denn er dreht sich und ich bin gezwungen, eine Vorderhandwende zu machen. Aber auch das kommt gut an. Die Aktion nimmt einige Zeit in Anspruch und ich kriege gar nicht so richtig mit, was die Leute bieten. Es scheint über die Zehntausend Euro hinauszugehen. Dann fällt der Hammer. Ich sehe, wie Papa aufspringt. Auch ein Mann steht auf. Er scheint Akur gekauft zu haben.

Ich reite aus der Ovalbahn und sofort läutet die Glocke, damit der nächste Reiter einreiten kann. Aber was ist mit Tindra? Hat Max inzwischen kapiert, dass wir sie unbedingt ersteigern müssen?

Papa taucht neben mir auf und gleichzeitig ist der Käufer bei ihm. Auch eine Frau, die mitgeholfen hat die Auktion durchzuführen, kommt zu uns.

»Gut gemacht, Frieda!«, ruft Papa mir zu. Dann wendet er sich dem Kunden zu. »Herzlichen Glückwunsch. Sie haben ein großartiges Pferd ersteigert«, sagt er.

»Papa«, frage ich nach, »habt ihr das mitgekriegt? Da wird gleich ein Pferd versteigert, das wir unbedingt haben müssen.«

Papa sieht ziemlich gestresst aus.

»Ich kann jetzt nicht«, sagt er. »Ich muss mich um den Verkauf kümmern. Aber Meike kommt bestimmt gleich von der Fohlen-FEIF zurück. Vielleicht kann sie das Pferd ersteigern.«

Ich kriege jetzt richtig Panik. Warum haben wir nicht Onkel Steffen oder Tante Susi mitgenommen? Wir sind viel zu wenig Leute, um uns um alles zu kümmern. Von meinem Platz aus kann ich erkennen, dass Tindra gleich an der Reihe ist. Nur noch zwei Pferde sind vor ihr dran. »Sie ist gleich dran, Papa!«, rufe ich.

Papa bleibt ruhig. Der neue Kunde hat noch viele Fragen. »Geh zur Auktion zurück, Frieda«, bietet mir Papa an. »Vielleicht klappt ja alles noch rechtzeitig.«

In aller Eile drücke ich Papa die Zügel von Akur in die Hand und renne dann durch die Menschenmenge in den Zuschauerraum zurück.

17. KAPITEL
EINE VERRÜCKTE PFERDEAUKTION

Meike ist noch nicht zurück. Das ist ein schreckliches Gefühl. Max und Greta sitzen zusammen und sehen ziemlich angestrengt aus.

»Mein Gott, Frieda!«, ruft Greta mir zu. »Was machen wir bloß? Wo ist Onkel Noah?«

Ich lasse mich neben Max fallen. Er sieht ziemlich verschwitzt aus.

»Ist sie das?«, fragt er und deutet auf die braunfarbige Stute mit der weißgesträhnten Mähne, die in diesem Moment auf der Ovalbahn eingeritten wird. Und in diesem Augenblick hören wir schon den Auktionator reden.

»Das nächste Pferd ist eine bildhübsche braunfarbige Stute mit ungewöhnlichem Behang. Ein Mausfalbe. Sie heißt Tilvera fra Haga, Mutter Haga vom Hof Ackermann, Vater Tvista, ebenfalls vom Hof Ackermann, ein Fünfgänger mit sehr ausgereiften Gängen.«

»Mist«, murmelt Max und damit trifft er die Situation leider zu gut. Wir sind allein bei der Auktion, niemand ist da, der für uns dieses Pferd ersteigern kann. Das macht uns alle ratlos.

Tindra setzt sich in Bewegung, aber so richtig gut sieht das nicht aus. Sie zeigt sehr viel Widerstand, geht erst los, als sie hart angetrieben wird. Immer wieder wirft sie den Kopf nach hinten. Der Mann scheint ziemlich sauer auf sie zu sein. Er treibt sie mit der Gerte an und da beginnt sie tatsächlich zu traben. Jetzt arbeitet er ihren Kopf hoch – das heißt, *arbeiten* ist wirklich der falsche Ausdruck. Er reißt an ihren Zügeln und versucht, sie in den Tölt zu bekommen. Es sieht allerdings eher nach Passtölt aus.

»Seid ihr sicher, dass ihr das Pferd haben wollt?«, wendet sich Greta verwundert an mich. »Es kann doch gar nichts.«

»Es hat ja auch einen schlechten Reiter«, brummt Max. »Fragt sich, wo der reiten gelernt hat.«

Der Reiter reißt noch stärker an den Zügeln. Tindra versteht das falsch und bleibt stehen. Da klatscht er ihr erneut die Gerte auf die Flanke. Jetzt rennt sie los. Pass – und dann Rennpass.

»Wow, die geht ja Rennpass«, murmelt Greta nun und kriegt ein ganz verliebtes Gesicht.

»Und guck mal, die hat genau die gleichen tollen Gänge wie Solon«, raunt ihr Max zu. »Die braucht nur einen besseren Reiter.«

»Stimmt«, lässt sich Greta sofort überzeugen. »Aber der Typ hat gar keine Ahnung.«

»Darum muss sie ja auch zu uns kommen!«, rege ich mich auf. »Was meinst du, was wir aus der rausholen können?«

Immer noch rennt die Stute, so schnell sie kann. Jetzt ist sie am Ende der langen Seite angekommen. Der Mann ist total erschrocken. Wahrscheinlich ist er noch nie in seinem Leben so schnell geritten. Jetzt reißt er erneut an den Zügeln und Tindra fällt in einen ziemlich schlechten Pass zurück. Mit diesem Gang geht sie dann auch in die Kurve.

»Gleich fällt sie um«, ruft Max aufgeregt.

Der Typ ist wirklich zu doof zum Reiten. Das scheint er jetzt auch begriffen zu haben, denn er pariert die Stute durch und reitet in die Mitte der Ovalbahn. Der Auktionator stellt sich in Position.

Ich suche Papa in der Menge und sehe, wie er mit Akur und dem Kunden vom Platz geht. Vielleicht schafft er es ja noch rechtzeitig, hier zu sein. Ich beiße mir fast auf die Fingerknöchel vor Aufregung. Auch Max ist total angespannt. Er merkt gar nicht, dass er die ganze Zeit sein Bein gegen meins presst. Dass Papa uns ausgerechnet jetzt im Stich lässt, macht uns alle verzweifelt.

»Kommen wir zur Auktion«, ertönt die Stimme des Mannes im Ring. »Das Mindestgebot liegt bei fünftausend Euro. Geboten wird wieder in Fünfhunderterschritten.«

Nun ist Schweigen eingetreten.

Niemand meldet sich.

»Soll ich jetzt bieten?«, flüstert mir Greta zu. »Ich habe gar kein Geld mit.«

»Ja, biete!«, schreit Max und hebt gleichzeitig die Hand. Der Auktionator schaut zu ihm. Sein Blick wandert von Max zu Greta, dann zu mir. Ich sehe seinem Gesicht an, dass er uns das Pferd nicht geben wird. Wir machen alle nicht den Eindruck, als wenn wir geschäftsfähig wären.

Jetzt meldet sich eine Frau auf der anderen Seite der Bahn.

»Fünftausendfünfhundert«, ruft der Auktionator und streckt seine Hand in ihre Richtung aus.

»Verdammt! Wo sind Mama und Noah?«, flucht Max verzweifelt. Wieder hebt er seine Hand.

»Sechstausend!«, ruft er. Doch der Auktionator beachtet ihn nicht.

»Fünftausendfünfhundert? Wer bietet mehr? Fünftausendfünfhundert? Kommen Sie! Die Stute ist doch mehr wert als das!«

Ich könnte schreien vor Wut. Wo ist Papa? Er wollte für Greta ein Pferd ersteigern und jetzt, wo wir das Pferd unseres Lebens haben können, glänzt er durch Abwesenheit.

Noch einmal meldet sich Max und ruft »Sechstausend«, aber er wird nicht erhört. Der Auktionator schaut ganz kurz in seine Richtung und schüttelt dann den Kopf. Unser Gebot zählt nicht.

Jetzt hebt er den Hammer.

»Fünftausendfünfhundert zum Ersten … und zum Zweiten …«

Er macht eine kurze Kunstpause und schaut sich noch einmal um. Jetzt melden Greta, Max und ich uns gleichzeitig – aber wir haben keine Chance.

»Fünftausendfünfhundert zum Dritten.«

Der Hammer fällt. Ich schlage die Hände vor das Gesicht. Wir haben verloren. Ich könnte heulen vor Traurigkeit und Wut.

Die Frau jubelt. Dann steht sie auf, um zu ihrem neuen Pferd hinunterzugehen. Der Reiter nimmt Tindra und verlässt den Platz.

»Als nächstes haben wir eine junge Stute, vierjährig …«

Die Auktion geht unbarmherzig weiter, nur für uns ist die Welt gerade stehengeblieben. Dieses Pferd war das einzige Pferd, das wir haben wollten, für Greta, für uns und vor allem für Solon.

»Da bin ich wieder, Kinder. Entschuldigt. Hat etwas länger gedauert.« Papa ist plötzlich wieder aufgetaucht. Er schaut uns überrascht an. »Ist was passiert?«, will er wissen.

Ich habe Mühe, meine Tränen zurückzuhalten.

»Wir haben die Stute verpasst«, stößt Max hervor.

Papa lacht ein wenig verwundert. »Ach, kein Problem. Dann nehmen wir eine andere«, meint er. Es macht mich wahnsinnig, dass er so ahnungslos ist.

»Das war die Stute unseres Lebens!«, ruft Greta. »Sie konnte Rennpass laufen.«

»Okay, Greta, tut mir leid«, versucht Papa, sie zu trösten. »Aber das wird nicht die einzige Stute sein …«

»Sie war Solons Zwillingsschwester«, ruft Max.

»Zwillingsschwester? Wie kommst du denn darauf?«, fragt Papa verwirrt. »Woher willst du denn das wissen?«

Es dauert viel zu lange, Papa die ganze Geschichte zu erklären. Aber wir versuchen es im Schnelldurchlauf, zeigen ihm das Heft der Auktion, in dem ihr Name und ihre Herkunft vermerkt ist, und schließlich haben wir ihn überzeugt. Ratlos schlägt er die Hände vor das Gesicht.

»Tut mir so leid«, murmelt er. »Ich habe es vergeigt.« Er schaut uns an und sieht ganz unglücklich aus. »Ich habe das hier alles unterschätzt«, versucht er, eine Erklärung zu finden. »Ich musste den Verkauf von Akur mit dem Kunden klären, Meike ist auf der Fohlen-FEIF … und jetzt habt ihr noch nicht mal das Pferd gekriegt, das ihr haben wolltet.«

»Und dann auch noch für den Preis«, seufzt Max.

Mir ist plötzlich kalt. Ich habe nur noch den einen Wunsch, nämlich nach Hause zu fahren. Auch Greta ist die Lust auf ein neues Pferd vergangen.

»Kommt, ich lade euch wenigstens auf ein Bratwürstchen und ein Eis ein«, schlägt Papa vor. »Und dann überlegen wir, ob wir heute Nachmittag noch mal zur Auktion gehen. Wenigstens ein anderes schönes Pferd sollten wir noch in Betracht ziehen, oder?«

Was bleibt uns anderes übrig? Mir tut es leid, Papa so unglücklich zu sehen.

Als wir über den Platz gehen, treffen wir Meike wieder. Sie ist gut gelaunt. Das Fohlen Prinsessa ist mit einer 8,1 ausgezeichnet worden, was der Note *Sehr gut* entspricht, und es hat sich auch sofort ein Käufer gefunden. Allerdings wird Prinsessa im Moment noch nicht verkauft, weil sie noch nicht von Molda getrennt werden darf. Darum hat Meike die beiden schon mal an den Hänger zurückgebracht und dort angebunden.

»Und was ist mit eurem Pferd?«, fragt sie, aber sie sieht sofort, dass sie mit ihrer Frage in ein Fettnäpfchen getreten ist.

Mit unglücklichem Gesicht erzählt ihr Papa von der verunglückten Pferdeauktion. Nun ist auch Meike ratlos.

»Vielleicht können wir die Käuferin ja überreden, uns das Pferd zu überlassen«, meint sie.

»Die wird schon längst über alle Berge sein«, mutmaßt Papa.

Wir stehen am Bratwürstchenstand in einer langen Schlange. Endlich ist Papa an der Reihe, bestellt fünf Bratwürstchen mit Brot und Senf und reicht sie zu uns durch. Wir versammeln uns alle um einen kleinen Stehtisch.

»Macht nicht so ein Gesicht«, versucht Meike, uns zu trösten. »Wenn die Stute so schwierig war, kriegen wir sie bestimmt bald als Berittpferd.«

»Oder sie wird bald wieder zum Kauf angeboten«, behauptet Papa und beißt vergnügt in sein Würstchen. Ihm ist das Pferd natürlich nicht so wichtig. Wahrscheinlich glaubt er uns die Geschichte noch nicht mal, dass Solon auf der Suche nach seinem Zwilling ist. Diese Sache mit den Bildern, die wir sehen können, will er ja auch nicht wahrhaben.

Plötzlich sehe ich, dass Max erstarrt. Eben noch hat er sein Bratwürstchen in den Senf getunkt und zum Mund geführt, jetzt hält er mitten in der Bewegung inne und hat wieder diesen Blick drauf, den ich schon von ihm kenne. Es ist, als würde er von einem anderen Gedanken ferngesteuert. Langsam legt er sein Würstchen auf den Pappteller und dreht sich um.

»Max? Alles okay mit dir?«, frage ich.

Max gibt keine Antwort. Geistesabwesend entfernt er sich mit schnellen Schritten vom Platz.

»Max?« Ich weiß genau, dass ihn irgendetwas in diese Richtung zieht, in die er geht. Ich muss ihm nach – sofort! Bevor er wieder irgendwas Komisches macht.

»Frieda? Bleib doch. Der will doch nur mal auf die Toilette«, meint Meike und Greta kichert: »Noch nicht mal dahin lässt sie ihn alleine gehen.«

Aber ich habe jetzt keine Zeit für Erklärungen. Max ist nicht mehr zu sehen und ich renne in die Richtung, in der er verschwunden ist. Wo ist er bloß? Der Platz ist unglaublich groß und es sind so viele Menschen und Pferde da.

Aus einer Intuition heraus laufe ich zu den Hängern und tatsächlich sehe ich, wie Max mit schnellen Schritten auf einen der Hänger zugeht. Und jetzt sehe ich auch Tindra wieder. Sie wehrt sich mit allen Kräften, auf den Hänger zu gehen. Der strenge Besitzer bedrängt sie von hinten mit der Gerte, die Käuferin steht im Hänger und zieht wie eine Verrückte an der Stute. Nun kommen andere Menschen dazu und versuchen, den beiden zu helfen. Ein Mann spannt ein Seil, zwei andere Frauen versuchen, das Pferd mit einer Peitsche zu begrenzen, die sie waagrecht halten. Max ruft etwas und winkt. Ich sehe, wie sich Tindra zu ihm umschaut. Jetzt gibt der Mann ihr einen ordentlichen Klatscher auf das Hinterteil und sie springt erschrocken in den Hänger. Sofort wird sie festgebunden.

Dann ist Max bei ihr. Ich kann nicht genau verstehen, was er sagt, aber es hört sich an wie: »Bitte warten Sie noch!«

Der Mann starrt ihn böse an. »Worauf denn?«, bellt er.

Jetzt bin auch ich am Hänger angekommen. Ich bin total außer Atem und brauche eine Weile, bis ich wieder Luft kriege.

»Bitte warten Sie!«, rufe ich ebenfalls. »Das Pferd …« Ich japse, »… dieses Pferd muss zu uns. Bitte. Verkaufen Sie es uns.«

Die Frau lacht nur und macht eine Handbewegung, an der ich erkennen kann, dass sie mich für geistig unterbelichtet hält. Ich bemühe mich, eine Erklärung zu finden. »Dieses Pferd …«, beginne ich noch mal. »Es hat einen Zwillingsbruder. Er ist auf unserem Gestüt und ist so alleine.«

Ich weiß, es klingt verrückt, was ich sage. Ich kann den Umstehenden ansehen, dass sie mich für ein kleines Mädchen halten, das sich irgendeine Fantasiegeschichte zusammenspinnt.

»Kannst du jetzt mal Platz machen?«, herrscht der Mann Max an. »Wir wollen den Hänger zumachen.«

Max hat immer noch ein verwirrtes Gesicht aufgesetzt. Und jetzt macht er etwas Unglaubliches. Er löst den Strick, mit dem Tindra in der Mitte der Stange angebunden ist, und klickt ihn vom Halfter. Dann wirft er ihn in den Hänger.

»Spinnst du?«, kreischt die Besitzerin. »Was machst du da?«

Max sieht tatsächlich einen Moment verstört aus. Aber Tindra ahnt sofort, dass sie frei ist. Rückwärts geht sie die Rampe des Hängers hinunter. Menschen stürmen auf sie zu und versuchen, sie aufzuhalten, aber sie ist stärker. Sie tritt in alle Richtungen und die umstehenden Menschen machen ihr erschrocken Platz. Dann wiehert sie und galoppiert davon. Max will ihr nachlaufen, aber er hat die Rechnung ohne die

Menschen gemacht, die um ihn herumstehen. Als er vom Hänger springen will, packt ihn der Mann mit hartem Griff.

»Nichts da!«, ruft er. »Du bleibst hier. Ich will sofort mit deinen Eltern sprechen.«

Max macht eine wilde Armbewegung, um sich loszureißen, aber da kommen andere Menschen dazu und packen ihn ebenfalls.

»Frieda!«, schreit Max mir zu. »Such sie! Sie kann nicht weit sein!«

Er hat recht. Ich muss versuchen, die Stute zu finden. In aller Eile drehe ich mich um und will wegrennen, da fassen mich ebenfalls starke Arme.

»Stopp!«, brüllt mir ein junger Mann ins Ohr. Er hat eine unglaubliche Kraft.

»Die beiden stecken unter einer Decke!«, ruft eine Frau.

»Das sind bestimmt solche Tierbefreier«, behauptet eine andere Frau.

»Falsch verstandene Tierliebe«, sagt ein Mann.

»Wir sollten sie der Polizei übergeben«, ruft ein anderer Mann.

Im Nu haben wir eine große Gruppe an Menschen um uns geschart. Es gibt keinen Ausweg.

18. KAPITEL
GEDANKENÜBERTRAGUNG

Plötzlich kommen Papa, Meike und Greta über den Platz. Sie sehen ziemlich beunruhigt aus. Wahrscheinlich suchen sie Max und mich schon eine ganze Weile. Mit schnellen Schritten kommt Papa auf mich zu.

»Was ist hier los?«, will er wissen. Die Menschen machen ihm Platz.

»Lassen Sie meine Tochter los!«, macht Papa den Mann an, der mich festhält.

»Und meinen Sohn auch!«, ruft Meike, die nun neben Max aufgetaucht ist.

»Nichts da!«, gibt Tindras neue Besitzerin zurück. »Die Polizei ist schon benachrichtigt.«

»Was ist denn los?«, fragt Papa irritiert. Dann wendet er sich an den Mann, der allmählich seinen Griff lockert. »Sie können meine Tochter loslassen. Sie wird nicht weglaufen. Das verspreche ich Ihnen.«

Der Mann gibt mich frei, Max dagegen befindet sich immer noch im Gedränge der Menschen. Immerhin hat er nun Meike an seiner Seite.

»Papa, wir haben Tindra gefunden!«, rufe ich. »Sie wollte nicht auf den Hänger. Das ist doch ein Zeichen, oder? Sie will bei uns bleiben.«

Papa sieht etwas unglücklich aus. Er findet es natürlich seltsam, dass ich das gesagt habe, und er weiß nicht, wie er das rechtfertigen soll.

»Bitte entschuldigen Sie«, wendet er sich nun an alle Umstehenden. »Meine Kinder wollten unbedingt dieses Pferd ersteigern. Aber ich war nicht rechtzeitig bei der Auktion zur Stelle. Darum haben sie …« Er unterbricht sich, weil er sieht, dass alle das, was er sagt, sehr seltsam finden. »Kann ich Ihnen vielleicht dieses Pferd abkaufen?«, wendet er sich an den Mann neben mir. Der macht eine Kopfbewegung zu der neuen Besitzerin.

»Da müssen Sie die fragen.«

Papa geht zu ihr hinüber. »Kirk ist mein Name. Ich entschuldige mich für diese Unannehmlichkeiten«, sagt er mit der ganzen Freundlichkeit, die ihn immer umgibt. Ich sehe, dass das gut bei den Menschen ankommt. Max wird nun losgelassen.

»Ich bin jederzeit bereit, Ihnen alle Unkosten, die Ihnen entstanden sind, zu erstatten«, sagt er. »Aber ist es möglich, dass wir Ihnen dieses Pferd abkaufen? Unsere Kinder wollen es unbedingt haben. Wir haben den Zwillingsbruder auf unserem Hof. Er verhält sich sehr schwierig, genau wie seine Schwester offenbar. Unsere Kinder haben sich in den Kopf gesetzt, die beiden zusammenzuführen. Kinderträume – das kennen wir doch alle.«

Die Geschichte scheint gut anzukommen. Die Menschen machen Papa Platz und hören ihm zu. Er erzählt von Solon und seinen Problemen und das interessiert scheinbar alle. Im Nu hat er eine Gruppe an Menschen um sich geschart. Hier auf der Auktion sind schließlich überwiegend Pferdeliebhaber und die Geschichte um zwei Zwillingspferde scheint alle zu rühren.

»Frieda? Max?« Greta macht eine wilde Handbewegung zu uns rüber. Sie befindet sich mittlerweile ein ganzes Stück weit von uns entfernt und hat freien Blick auf eine Wiese, die hinter der Reithalle liegt. Aufgeregt zeigt sie uns an, dass wir zu ihr kommen sollen. Max und ich sehen uns beide an und rennen fast gleichzeitig los. Die Menschen lassen uns gehen.

»Guckt mal, das Pferd ist da drüben!«, ruft uns Greta zu. Und tatsächlich sehen wir Tindra am Rand einer Wiese stehen. Sie sieht sehr unruhig aus, aber sie knabbert an ein paar Grashalmen, während sie gleichzeitig ihre Umgebung beobachtet.

»Tindra?«, versucht es Greta mit ihrer freundlichen Stimme. »Was machst du denn da? Oh, so ein liebes Pferdchen. Ja, fein!«

Tindra schaut zu Greta hinüber. Sie scheint unsicher zu sein, ob sie der Stimme trauen kann. Greta geht langsam auf Tindra zu und auch Max und ich wagen es, näher zu kommen. Tindras Unruhe wird größer. Sie hört auf zu fressen und schaut zu Greta, dann zu Max und mir. Jetzt legt sie die Ohren nach hinten.

»Bleibt stehen!«, warnt uns Greta. »Sie haut sonst wieder ab.«

Max und ich halten in der Bewegung inne. Nur Greta geht vorsichtig näher.

»Feines Pferdchen. Oh, was für ein liebes und schönes Pferd die Tindra doch ist.«

Tindra lässt sich nicht einlullen. Die Ohren legen sich tiefer und erreichen fast den Mähnenkamm. Greta bleibt stehen.

»Frieda«, raunt Max mir zu. »Meinst du, du könntest ihr ein Bild von Solon schicken?«

»Wie bitte?«, frage ich verwundert. »Ein Handyfoto?«

Max kichert. »Ich glaube nicht, dass sie ihr Handy dabei hat«, entgegnet er. »Aber per Gedankenübertragung.«

Jetzt bin ich ein wenig verwirrt. »Meinst du, wie bei Solon und Alvara, nur in die andere Richtung?«, will ich wissen.

»Glaubst du, das könnte klappen?«, fragt Max nach.

Ich schüttele den Kopf. Ausgeschlossen. »Das kann ich mir nicht vorstellen.«

»Aber könntest du es wenigstens versuchen?«, bittet Max. »Es könnte doch eine Chance sein.«

Ich schaue zu Tindra hinüber. Sie wirkt nervös und ängstlich. Bestimmt fände sie es ziemlich bedrohlich, wenn ich meinen Kopf an ihren drücke.

Max fährt jedoch total auf seine Idee ab. »Ich springe auf sie zu und packe sie und dann musst du deinen Kopf an ihren pressen und ihr ein Bild von Solon schicken.«

»Das klappt nie und nimmer«, sage ich. »Ich kann mir immer nur die Bilder angucken, die mir die Pferde senden.«

»Wir müssen es versuchen. Bitte!«, raunt mir Max zu. »Wenn das klappt, kommt sie sofort mit uns. Man merkt doch, dass sie nach ihrem Bruder sucht.«

»Und wenn es nicht klappt?«, will ich wissen.

Max schweigt einen Augenblick. »Dann kriegst du wieder eine Kopfnuss«, sagt er dann.

Na toll. Auf die Antwort habe ich gerade noch gewartet.

»Bitte, Frieda«, drängt Max. »Es ist unsere große Chance. Und ehrlich, ich verspreche dir, dass ich ihren Kopf gut festhalte. Dann tut es nicht so weh, wenn sie …«

Max traut sich gar nicht, den Satz zu Ende zu sprechen. Er

weiß nämlich genau, dass eine Kopfnuss von Tindra ziemlich schmerzhaft sein würde.

»Bist du bereit?«, fragt Max.

Oh nein, ich will das nicht. Ich habe Angst, dass mir dieses Pferd wehtun wird. Tindra wirkt mindestens so aufgedreht wie Solon. Überhaupt habe ich noch nie einem Pferd ein Bild gesendet, das ich im Kopf habe. Das ist einfach Quatsch. Es wird niemals klappen.

Nein!, will ich antworten, aber Max dreht sich schon zu Greta um. »Wir packen sie!«, ruft er. »Auf drei!«

Oh Mann, ich werde ihn bis ans Ende meines Lebens hassen!

»Eins – zwei – drei!«

Max macht einen Sprung vorwärts und auch Greta springt mit einem Satz auf Tindra zu. Die Stute ist total erschrocken und will weglaufen, doch da hat Max sie schon gepackt und hängt sich ans Halfter. Greta krallt sich an die andere Seite.

»Wo bleibst du, Frieda?«, schreit Max.

Warum tut sich bloß kein Mausloch auf, in das ich verschwinden kann? Immer muss ich meinen Mut beweisen.

Obwohl ich Angst habe, bemühe ich mich, ruhig zu bleiben. Langsam und mit festen Schritten gehe ich auf die Stute zu. Sie starrt mich böse an. Ihre Augen rollen, sodass fast nur noch das Weiße zu sehen ist. Ihre Ohren haben sich fast in der Mähne verkrochen. Jetzt bleckt sie die Zähne. Ich habe Mühe, meine Panik zu unterdrücken.

Max hebt seine Arme, während er sich fest ans Halfter klammert, damit ich meinen Kopf an Tindras Kopf schieben kann. Tindra macht eine wilde Kopfbewegung und versucht, aus Max' Griff zu entkommen. Doch er hält sie eisern fest.

»Mach schon!«, zischt er.

Ah ja, kein Problem. In so einer entspannten Situation lassen sich viele schöne Bilder im Kopf produzieren …

Ich schließe die Augen und versuche, mich zu konzentrieren. Solon? Wie sah er eigentlich noch mal aus? In meinem Kopf ist ein riesiges Vakuum.

Ich spüre Tindras warmen Atem an meinem Hals.

Jetzt fällt es mir leichter, meine Gedanken auf den Punkt zu bringen. *Solon. Hellbraunes Fell, dunkle Mähne mit leicht rötlichen Strähnen.*

Tindra keucht. Ihr Speichel läuft an meinem Hals herunter. Das ist ein bisschen ekelig, aber ich spüre auch, wie sie lauscht.

Solon! Hellbraunes Pferd mit gesträhnter Mähe, versuche ich es noch einmal. *Liebes Gesicht. Feine, weiche Züge. Tolle Bewegungen.* Jetzt habe ich das Bild von Solon klar vor Augen, wie er über die Wiese läuft, bis zum Ende, weil er jemanden sucht. Wie er bei Ackermanns im Stall in der Box herumschnüffelt. Wie er verzweifelt immer wieder seinen Kopf an meinen oder Max drückt, um uns mitzuteilen, dass er nach seiner Schwester sucht.

Tindras Atem geht ruhiger. Sie hat ihren Kopf ganz dicht an meinen gepresst und schnauft leise. Plötzlich spüre ich ihre Zunge – diese raue, rubbelige lange Pferdezunge, die mir ganz langsam über den Hals schleckt. Das ist nicht mehr ekelig. Das ist ein wunderwunderwunderschönes Gefühl.

Solon, jetzt zeige ich ihn nur im Porträt und spüre, wie sich das Bild in Tindras Kopf einbrennt. Und dann kriege ich eine Antwort. *Solon auf der Wiese, wie er sie betrachtet, sorgenvoll und voller Liebe, denn sie ist noch ein kleines Fohlen und er ihr Zwillingsbruder.* Mein ganzer Körper hat sich mit einer Gänsehaut überzogen. Sie hat mich verstanden.

Jetzt ist es ruhig zwischen uns. Langsam löse ich mich von Tindra und wir schauen uns gegenseitig an.

»Komm«, sage ich zu ihr. »Ich zeige dir, wo er ist.«

Als ich aufschaue, sehe ich, dass sich ein Pulk von Menschen an der Reithalle gebildet hat, die alle zu uns herüberblicken. Ob sie verstanden haben, was hier passiert ist?

Ich sehe, wie Papa aus der Menschenmenge auf uns zukommt. »Hat sie verstanden, dass wir ihren Bruder haben?«, fragt er mich.

Die Frage überrascht mich. Weiß Papa, was hier gerade zwischen uns passiert ist?

»Ich glaube schon«, antworte ich irritiert.

»Komm«, sagt Max und zieht Tindra an ihrem Halfter. Sie geht sofort los. Greta bleibt auf einer Höhe mit ihr. »Ich bin übrigens Greta«, sagt sie zu dem Pferd. »Und ich finde dich süß.«

Fast habe ich das Gefühl, dass Tindra lacht. Sie sieht so entspannt und fröhlich aus, kein Vergleich zu der Situation vor ein paar Minuten, wo sie biestig um sich geschaut hat.

»Meint ihr, ihr kriegt sie in den Hänger?«, will Meike wissen.

»Zu uns in den Hänger? Dürfen wir sie mitnehmen?«, fragt Greta überrascht.

Papa grinst. »Ich hab dir ein Pferd verspochen und du wolltest sie haben. Da ist sie also!«, sagt er.

»Oh«, macht Greta ungläubig. Wenn ich Papa nicht sowieso schon so wahnsinnig lieben würde – spätestens dieser Moment hätte mich davon überzeugt, dass er der beste Vater der Welt ist.

Meike lacht und gibt ihm einen Klaps auf den Rücken.

»Spuck mal nicht so große Töne!«, weist sie ihn zurecht. »Du hast schon ein bisschen Stress gehabt, sie zu kriegen. Und jetzt musst du ja auch noch die Sache mit den Verträgen und dem Geld regeln …«

»Das mache ich mit links«, erklärt Papa. »Bei euch wird es sowieso noch dauern, bis ihr das Pferd auf dem Hänger habt.«

Aber da irrt sich Papa. Als wir mit Tindra an unserem Hänger angekommen sind und Meike die Laderampe runterklappt, springt sie mit einem Satz hinauf, als hätte sie Angst, dass wir sie nicht mitnehmen würden.

»Na, das war das Einfachste«, grinst Max. »Jetzt müssen wir nur noch Molda und ihr Fohlen überreden.«

Und das dauert tatsächlich fast eine halbe Stunde.

19. KAPITEL
NACHDENKLICHE GESPRÄCHE

Der Moment, als wir auf unserem Hof einfahren, ist ein Moment, den wir alle nicht so schnell vergessen werden. Tindra wiehert wie wild aus dem Hänger heraus und dann wiehert Solon und wir sehen, dass er wie ein Verrückter über die Wiese galoppiert. Bis an den Zaun kommt er.

Papa hält an und Max reißt die Autotür auf.

»Bleib bloß da stehen!«, schreit er Solon zu, denn er weiß nur zu gut, dass Solon durch Stromzäune rennt, um seinen Willen durchzusetzen. Solon tanzt. In den edelsten Seitengängen läuft er am Tor auf und ab. Hin und wieder wiehert er.

Auch Tindra ist kaum noch zu halten. Papa muss alle Kraft anwenden, damit sie vorsichtig aus dem Hänger steigt. Jetzt laufen Tante Susi und Onkel Steffen über den Hof.

»Was habt ihr denn da für einen Feuerstuhl gekauft?«, fragte Tante Susi bestürzt. »Der ist doch wohl nicht für Greta?«

»Sie wollte sie«, japst Papa, während er Tindras Strick festhält. »Sie meint, es wäre ihr Traumpferd.«

»Das ist Solons Zwillingsschwester!«, ruft Max durch das laute Pferdegewieher.

»Stimmt das wirklich?«, will Tante Susi wissen.

Um das ganze Chaos perfekt zu machen, rennt auch Franzi mit ihrem Smartphone auf den Hof. Jetzt stellt sie sich so in Position, dass sie ein Selfie drehen kann, während Solon im Hintergrund am Zaun auf und ab läuft. Sie trägt wieder ihren blöden Hut und hat die verspiegelte Sonnenbrille auf die Nasenspitze gleiten lassen. Also, wenn das cool sein soll, sind die Wildecker Herzbuben Rockstars.

»Die beiden Pferdezwillinge sind wieder vereint«, ruft sie und blickt über ihren Brillenrand. »Seht selbst, wie sie sich freuen, dass sie sich wiederhaben!«

»Franzi, aus dem Weg!«, schreit Papa, denn sie hat gar nicht mitgekriegt, dass sie mitten vorm Tor steht. Jetzt springt sie schnell zur Seite. Max reißt das Tor auf und Papa lässt Tindra auf die Wiese.

»Geschafft. So ein verrückter Gaul!«, murmelt er, aber er sieht sehr glücklich aus.

Solon ist total aus dem Häuschen. Er rennt auf Tindra zu und schnuppert an ihr. Sie quietscht ihr furchtbares Stutenqietschen, das sich anhört, als ginge es um ihr Leben, und dann rennt sie neben ihm her. Solon macht immer wieder wilde Sprünge durch die Luft, und Tindra macht es ihm nach.

»Max und Moritz«, murmelt Omi, die bei dem Geschrei aus dem Haus gekommen ist.

»Wie sie sich freuen. Das ist eine große Sensation!«, flötet Franzi und filmt das ganze Durcheinander im Weitwinkel.

Solon und Tindra umkreisen sich, rennen dann wieder, bleiben stehen und beschnuppern sich, quietschen, springen und galoppieren wieder von links nach rechts.

Es gibt Menschen, die behaupten, Tiere könnten sich nicht

freuen. Aber wenn man das hier sieht, weiß man, dass sie keine Ahnung von Pferden haben. Solon und Tindra sind total aus dem Häuschen. Sie bringen so eine Unruhe in die Herde, dass auch die anderen Pferde mitlaufen und ein allgemeines Gequietsche und Galoppieren einsetzt.

»Die schöne Wiese«, jammert Onkel Steffen. »Da müssen wir heute Abend wohl Heu füttern.«

»Ich kann gar nicht sagen, wie glücklich ich bin«, sage ich zu Max. »Ehrlich gesagt könnte ich heulen vor Freude.«

»Geht mir genauso«, brummt Max und ich merke, dass seine Augen ein wenig feucht schimmern. Plötzlich fliegt etwas durch die Luft und landet auf Max' Schulter. Karola! Franzi schwenkt sofort ihre Kamera zu Max. Diese Sensation müssen ihre Fans noch mitkriegen.

Max seufzt und fischt sich Karola vom Kopf, um sie in den Arm zu nehmen und zu kraulen. »Du musst natürlich auch dabei sein«, sagt er zärtlich.

Als ich nach diesem langen Tag ins Wohnzimmer komme, bin ich überglücklich. So schnell wie Tindra hat sich noch kein Pferd in die Herde eingegliedert. Sofort ist unter den Pferden klar, dass Solon und sie eine enge Freundschaft zueinander haben. Und dass das alles so ein gutes Ende genommen hat, haben sie letztendlich Max und mir zu verdanken.

Papa steht im Wohnzimmer. Er ist allein und ich habe das Gefühl, dass er auf mich gewartet hat. Er schaut mich kurz an und dann gleitet sein Blick zu dem Foto von Mama hinüber. Das versetzt mir einen kleinen Stich. Ob er wieder daran denkt, dass ich ihr so ähnlich sehe und doch so anders bin? Ich mag es nicht, wenn er das denkt. Ich bin eben nicht wie sie, dafür kann ich doch nichts. Na gut, manchmal könnte ich versuchen, erst mal tief durchzuatmen, bevor ich rede, aber ich arbeite doch schon daran. Nur heute habe ich klar meine Interessen durchgesetzt. Das war leider nicht zu ändern.

»Störe ich dich?«, frage ich Papa unsicher.

Papa lächelt. »Nein«, sagt er. »Ich warte auf dich.«

»Echt? Warum?«

»Ich wollte dir etwas sagen.« Papa sieht ein bisschen verlegen aus. Dann überlegt er kurz und sucht seine Worte zusammen, wie er es immer tut, wenn er etwas freundlich sagen will, was eigentlich eine Ermahnung sein soll. Ich stelle mich schon darauf ein, dass es mir wehtun wird, was er sagt, und versuche, mein Herz gut zu verpacken, damit ich nicht allzu traurig bin. Ich weiß ja, dass ich mich an diesem Tag ziemlich rücksichtslos benommen habe. Habe ich vielleicht sogar nach dem Mann getreten, der mich während der Auktion festgehalten hat? Ich erinnere mich nicht, aber ich würde es mir zutrauen.

»Ich wollte dir etwas über deine Mutter erzählen«, beginnt Papa plötzlich und mein Herz setzt vor Schreck für ein paar Schläge aus.

»Ich weiß, sie war nicht wie ich«, unterbreche ich Papa schnell. »Aber ich bemühe mich …«

Papa macht eine Handbewegung, dass ich ihn nicht unterbrechen soll, und ich schweige erschrocken. Dann zeigt er auf das Sofa. Das wird also eine längere Unterhaltung. Ich setze mich, ziehe die Füße auf die Sitzfläche und umarme meine Knie. Vielleicht kann ich mich so ein bisschen vor dem Vorwurf schützen, der jetzt kommen wird.

Papa setzt sich in den Sessel neben mich und schaut mich aufmerksam an. Er sieht lieb aus, wenn er so guckt.

»Deine Mutter und du, ihr seid sehr verschieden«, redet Papa weiter. »Und es tut mir so leid, dass ihr euch nicht so richtig kennenlernen konntet. Ihr hättet euch unglaublich viel zu erzählen gehabt.«

Ich muss schlucken. Zu gerne möchte ich sagen, dass mich das auch traurig macht, aber ich habe Angst, dass ich dann weinen muss. Also schweige ich und bemühe mich, den Kloß herunterzudrücken, der sich im Hals bildet.

»Worüber ich nie mit dir geredet habe, ist … Deine Mutter konnte es auch, dieses Bildersehen«, sagt er.

»Wie bitte?« Ich kann nicht glauben, was er versucht, mir zu sagen.

»Ja.« Papa lacht jetzt und sein Blick wandert zum Foto meiner Mutter hinüber. »Da war sie genau wie du. Sie hat im Stall gesessen, Kopf an Kopf mit Hrina. Die war ihr Lieblingspferd. Und dann haben sie geschwiegen und Mama hatte die Augen geschlossen. Genau wie du.«

»Echt?« Ich bin total überrascht. »Hrina? Das Therapiepferd?«

Papa nickt. »Es war ihre Stute. Ihr hat sie am meisten vertraut. Und dieses Pferd hat ihr glaube ich am meisten erzählt.«

»Hat Mama dir gesagt, was sie sieht?«, will ich wissen.

Papa nickt. »Am Anfang schon«, berichtet er und jetzt wird sein Blick sehr traurig. »Sie hat gesagt, Hrina schickt ihr Bilder über das, was sie am Tag erlebt hat. Über das Heu, über einen Ausritt, eben über alles, was sie beschäftigt.« Er räuspert sich.

»Aber du hast ihr nicht geglaubt, oder?«, frage ich.

Papa schüttelt den Kopf. »Ich habe mich sogar über sie lustig gemacht«, erwidert er. »Ich habe ihr gesagt, dass Pferde keine Bilder im Kopf haben. Dass Pferde aus einem Instinkt heraus handeln und nicht aus einem Gedanken heraus.« Jetzt schaut er auf seine Füße, die in warmen Wollsocken stecken.

»Sie hat dir dann nichts mehr davon erzählt, oder?«, vermute ich.

Papa nickt. »Sie wollte diesen Moment einfach für sich bewahren«, sagte er. »Und sie wollte nicht, dass ich ihr diesen kostbaren Augenblick zerstöre.« Er schaut mich wieder an. »Du glaubst nicht, wie leid mir das heute tut«, sagt er.

Ich nicke. Der Kloß in meinem Hals wird wieder größer.

»Und als ich dich dann eines Tages da sitzen sah, Kopf an Kopf mit deinem Pferd, dachte ich, ich hätte ein Déjà-vu-Erlebnis. Ich wollte einfach nicht glauben, dass du es auch kannst.«

»Max kann es auch«, erinnere ich ihn.

»Ich weiß«, nickt Papa. »Auch Meike hat es nicht glauben wollen und auch sie hat sich über ihn lustig gemacht. Das tut ihr jetzt ebenfalls leid.« Nun sieht Papa sehr ernst aus. »Was ich dir immer sagen wollte, Frieda: Du bist ein ganz besonders einfühlsames Mädchen. Du bist klug und mutig. Die Art, wie du dich für die Pferde einsetzt, ist unglaublich stark. Ich bin sehr stolz auf dich. Und ich bin traurig, dass deine Mutter nicht erleben kann, was für eine tolle Tochter sie hat.«

»Vielleicht erlebt sie es ja doch«, erwidere ich und nun laufen sie doch, diese blöden Tränen.

»Du spürst sie manchmal, oder?«, fragt Papa.

Ich kann nur nicken. Da rückt er zu mir auf das Sofa und umarmt mich.

»Das ist schön«, sagt er leise. »Das geht mir nämlich auch so.«

»Wo bleibst du?«, ruft mir Max zu, als ich endlich in den Stall komme.

Ich schwebe noch auf Wolke sieben. Das Gespräch mit Papa hat mich unglaublich glücklich gemacht.

»Ich kann mich heute hier nicht retten vor Pferden!«, stöhnt Max. »Erst hatte Solon stundenlang was zu erzählen, dann wollte Tónn seine Geschichten loswerden und jetzt steht auch noch Tindra hier und wartet, dass die anderen fertig sind.«

Ich muss lachen. »Tónn? Die Grauphase ist wohl endgültig vorbei, oder?«, will ich wissen.

Max strahlt. »Ja, er sendet nur noch bunte Bilder. Solon und Tindra, wie sie über die Wiese fetzen. So lebendig, als wäre ich live dabei.«

»Wahnsinn! Ich freue mich«, sage ich aus tiefstem Herzen. Max sieht unglaublich glücklich aus. Jetzt springt er auf, denn wir sehen beide, wie Alvara um die Ecke schaut und darauf wartet, dass ich mich auf die Futterraufe setze.

»Wenn das so weitergeht, sollten wir eine Limo und ein paar Salzstangen mit runternehmen«, schlage ich vor. Max grinst. »Die Futterraufe gehört dir«, sagt er. »Ich habe meine Märchenstunde schon hinter mir.«

Er geht zum Auslauf und setzt sich dort auf das Tor. Ich freue mich, dass er offenbar auf mich wartet.

Jetzt kommt Alvara zu mir und drückt ihren Kopf an meinen Haaransatz. Ich sehe Bilder von Solon und Tindra, die vereint über die Wiese toben. Das hat offenbar alle Pferde beschäftigt. Aus Alvaras Blick kann ich noch einmal ihre große Freude spüren.

Dann kommt Solon zu mir und drängt seinen dicken Kopf gegen meinen. Im Gegensatz zu Alvara, die immer vorsichtig und rücksichtsvoll daherkommt, ist er so ein richtiger wilder Jungspund. Ungeduldig drängelt er Alvara an die Seite und drückt seinen Kopf gegen meinen. Immerhin hat er gelernt, es so vorsichtig zu machen, dass ich keine Kopfnuss mehr kriege. Jetzt zeigt er mir immer und immer wieder das Bild, wie seine Schwester vom Hänger kommt. Sein Staunen und seine riesige Freude ist in seinem ganzen Körper zu spüren.

Ich kann geradezu mitfühlen, wie viel Druck ihm damit von der Seele genommen wurde.

Zuletzt ist Tindra an der Reihe. Ihre Eindrücke verteilen sich über den ganzen Tag, von dem ängstlichen Gefühl auf dem Hänger über ihren Fluchtversuch bis hin zu der Freude, Solon wiederzutreffen.

Endlich ist sie fertig. Ich springe von der Futterraufe und sehe mich nach Max um. Er grinst mir zu.

»Na, habt ihr Mädels euch alles erzählt?«, will er wissen.

»Ich bin noch nicht ganz fertig«, sage ich.

»Oh Gott!«, jammert Max. »Immer noch nicht?«

»Ich will noch kurz mit Hrina reden«, erkläre ich ihm.

Max' Blick gleitet über die Wiese. »Hrina? Die windfarbige Stute da hinten auf der Wiese?«

Ich nicke. »Sie hat meiner Mutter gehört. Papa hat mir heute erzählt, dass Mama und Hrina auch Bilder getauscht haben.«

»Echt?«

»Ja. Das wusste ich bisher nicht. Papa hat immer ein bisschen über meine Schmusestunden mit Alvara gelächelt, aber heute hat er mir gesagt, dass Mama die gleiche Gabe hatte.«

»Wahnsinn«, staunt Max, während er mit mir über die Wiese geht. »Also, meine Mutter kann das nicht. Sie sagt mir ja auch immer, dass das eine Spinnerei ist. Ich habe nicht gewusst, dass noch jemand anderes so was kann. Bis ich dich getroffen habe.«

Den letzten Satz sagt er ganz schnell und er schaut dabei auf seine Schuhe. Aber ich weiß, dass er sich sehr darüber freut, und seine Stimme hört sich ziemlich liebevoll an.

»Vielleicht konnte es ja dein Vater?«, überlege ich. »Weißt du, wo er ist?«

Max wirft mir einen kurzen Seitenblick zu. Ich sehe ihm an, dass er nicht über ihn reden möchte.

»Nö, keine Ahnung«, sagt er schnell. »Ich kenne ihn nicht.«

»Aber weißt du etwas über ihn? Konnte er reiten? Kannte er sich mit Pferden aus?«

»Keine Ahnung!«, wiederholt Max und nun klingt seine Stimme ein bisschen verärgert. Okay, dann bleibt das eben ein Geheimnis. Mir macht das nichts aus. Ich bin ja sowieso schon glücklich, dass ich mich so gut mit Max verstehe. Noch vor wenigen Wochen wäre es undenkbar gewesen, dass wir gemeinsam über die Wiese gehen und ein so persönliches Gespräch führen.

Jetzt sind wir bei Hrina angekommen. Sie steht immer ein bisschen abseits der Herde, wie es bei älteren Pferden oft der Fall ist. Ruhig schaut sie über den Zaun in die andere Richtung, als würde sie nachdenken oder nach jemandem Ausschau halten. Auch das kenne ich von ihr.

»Hrina?«, frage ich leise.

Sie zuckt zusammen und dreht sich zu mir um. Ihre Ohren stellen sich in meine Richtung. Ich reiche ihr die Hand und sie schnuppert daran. Dann gehe ich einen Schritt auf sie zu und streichele ihre Elchnase. Unter der Mähne ist ihr Fell schon ganz grau. Sie richtet ihre Augen aufmerksam auf mich und ich sehe ihr an, wie vertrauensvoll sie ist. Zuerst überlege ich, ob ich meinen Kopf an ihren drücke, aber ich sehe ihr an, dass sie das nicht möchte. Wir haben nicht so eine enge Verbindung zueinander, wie ich es zu Alvara habe und wie sie es bestimmt zu meiner Mutter hatte. Das werde ich respektieren, aber ich nehme mir vor, mich mehr um dieses Pferd zu kümmern. Vielleicht erzählt sie mir dann eines Tages von meiner Mutter.

20. KAPITEL
LUSTIGE TURNIERE

»Der Tag ist da, meine Freunde. Guckt mal in den Himmel! Blau ist er und total wolkenlos!« Franzi rennt mit ihrem Smartphone über den Hof und schwenkt die Kamera in alle Richtungen.

»Achtung! Karola im Anflug!«, ruft Max und Franzi gibt ein schreckliches Kreischen von sich.

Papa grinst, Greta lacht und Tante Susi sagt: »Drehst du jetzt völlig durch, Franzi?«

Nur Karola sitzt still auf dem hohen Pfahl am Hühnerstall und beobachtet das Durcheinander um sie herum.

»Mann, Max, warum erschreckst du mich so? Karola ist doch da vorne«, quietscht Franzi und an ihre Mutter gewandt erklärt sie: »Ich muss doch meine Fans unterhalten! Seit Solon seine Schwester gefunden hat, komme ich täglich auf fast tausend Klicks. Das ist doch der Wahnsinn, oder?«

»Dann kannst du ja bald Werbung schalten«, überlegt Max. »Zum Beispiel für Karolas Eier, oder ihre Federn.«

»Oder wir basteln etwas aus Schweifhaaren«, überlegt Greta, die ein Talent für solche Dinge hat.

»Klar, wir haben ja sonst nichts zu tun«, winkt Onkel Steffen ab. »Also los, kommt mal rüber und lasst uns besprechen, wer heute was macht.«

Omis Turnierplan hängt an der Stalltür und wir versammeln uns alle im Halbkreis darum.

»Also, in einer halben Stunde beginnt das Ponyreiten mit Selma, Hrina und Fagur. Wenn viele Kinder da sind, nehmen wir ausnahmsweise auch mal Tónn dazu, okay?«, erklärt er und schaut Max dabei an. Max nickt. Tónn wird nur noch ganz selten zum Kinderreiten dazugenommen. Nach der langen Pause wird ihm das heute bestimmt gefallen, wieder dabei zu sein. »Das Ponyreiten wird Omi übernehmen. Und ein paar Reitschüler helfen auch mit.«

Wir nicken. Ich merke, dass Max neben mir steht, und das ist ein gutes Gefühl.

»Um elf Uhr beginnt der Geschicklichkeitsparcours«, erklärt Onkel Steffen weiter. »Dazu haben sich fünfzehn Kinder angemeldet. Susi und Meike sind in der Jury, Frieda übernimmt die Anmeldung und verteilt die Startnummern. Ist das okay so?«

Ich nicke. Das habe ich schon oft gemacht.

»Um vierzehn Uhr startet der Parcours für die Gangprüfung und die Dressurübungen«, fährt Onkel Steffen fort. »Und da gibt es heute sogar eine Überraschung: Bjarki Finnbogason sitzt mit Meike und Noah in der Jury.«

»Bjarki Finnbogason!«, schreie ich.

»*Der* Bjarki Finnbogason?«, ruft Max. Ich drehe mich zu ihm um.

»Kennst du den auch?«, frage ich überrascht.

Max grinst. »Nee, nie gehört. Aber so, wie du schreist, muss das mindestens der Bruder von Katy Perry sein.«

»Bjarki Finnbogason ist *der* Islandpferdereiter!«, erkläre ich.

»Okay«, nickt Max. »Ich bin beeindruckt.«

»Er wird den Parcours eröffnen«, berichtet Onkel Steffen weiter. »Mit seinem Lieblingspferd Brinja wird er zeigen, wie die Prüfung geht, die er sich ausgedacht hat. Sie hat drei Teile. Zuerst Bodenarbeit, danach Dressurreiten und zuletzt geht es auf die Ovalbahn. Welche Aufgaben er sich ausgedacht hat, wird er euch selbst erklären.«

»Puh, ich bin aufgeregt«, seufzt Greta. Sie will mit Tindra dabei sein. Die beiden kommen schon ziemlich gut miteinander klar, obwohl sie die Dressurübungen noch nicht perfekt können. Doch das ist gar nicht wichtig. Niemand erwartet das von Greta.

»Ich habe eigentlich nur ein Ziel«, grinst mir Max zu. »Ich will besser sein als du.«

»Oh, da hast du dir ja was vorgenommen«, lache ich. »Ich kann dir versichern, dass du nicht einmal in die Nähe meiner Platzierung kommen wirst.«

»Mädchen leiden ja immer an Selbstüberschätzung«, gibt Max zurück.

Wir grinsen uns zu. Es macht Spaß, einen so guten Gegner wie Max zu haben.

Um Punkt elf Uhr geht es los und dann bricht bei uns tatsächlich der Rummel aus. Ein Auto nach dem anderen fährt auf den Hof. Onkel Steffen öffnet schließlich eine Wiese, um dort all die parkenden Autos unterzubringen. Wir sind alle in die Arbeit eingespannt. Ponyreiten, Brötchenverkauf, Stallbesichtigungen und natürlich immer wieder Auskunft geben über Islandpferde im Allgemeinen und unsere Pferde im Besonderen. So viel Besuch hatten wir schon lange nicht mehr.

»Merkst du was?«, ruft Franzi mir zu. »Das habt ihr nur

meinem Blog zu verdanken. Meine Fans wollen einfach sehen, wie wir hier leben.«

Und dann rennt sie wieder mit ihrer Kamera durch die Menschenmenge. Erst bin ich mir nicht sicher, ob der Trubel wirklich daran liegt, aber mir fällt auf, dass tatsächlich viele Kennzeichen der Autos zeigen, dass sie von weit her gekommen sind.

Papa hält eine schöne Begrüßungsrede und dann eröffnet Max mit Tónn den Geschicklichkeitsparcours. Ich verteile die Startnummern und achte auf die Reihenfolge. Viele Reitschüler haben sich noch kurzfristig angemeldet und der Parcours dauert seine Zeit.

Zufällig schaue ich über den Platz und sehe einen Mann mit einem schneeweißen Islandpferd über den Hof kommen. Ich erkenne ihn sofort. Es ist Bjarki Finnbogason. Er sieht sich suchend um, sein Pferd dagegen genießt das Durcheinander. Ich werde beim Parcours nicht mehr gebraucht und renne auf den Mann zu.

»Sie sind Bjarki Finnbogason, stimmt's?«, rufe ich aufgeregt.

Der Mann lächelt. »Stimmt. Bin ich schon so bekannt?«

»Ich kenne Sie auf alle Fälle!«, berichte ich. »Ich kenne Ihre Videos und die Clips auf Youtube, wie Sie mit Ihrem weißen Pferd durch den Schnee tölten. Das ist Wahnsinn.«

Er lacht herzlich. »Danke für die Einladung. Was muss ich machen?«

Ich muss ihn immer wieder anstarren. Der Typ ist wirklich unglaublich. Wenn er redet, hat er einen leichten Akzent, und das klingt ziemlich geheimnisvoll.

»Kommen Sie mit«, schlage ich vor. »Mein Vater ist da drüben. Der zeigt Ihnen, wo die Dressurprüfungen stattfinden.«

Das Turnier für uns Reiter startet um vierzehn Uhr. Fast dreißig Teilnehmer haben sich angemeldet, darunter Greta, Max, Paul, ich und sogar Franzi. Bjarki Finnbogason wird das Turnier leiten und die Übungen erklären. Natürlich beginnt er gleich mit einer Überraschung.

»Ich gehe davon aus, dass ihr regelmäßig mit euren Pferden Bodenarbeit macht«, begrüßt er uns. »Daher geht es jetzt darum, wie sehr euer Pferd euch vertraut. Ich zeige euch mal die Übungen, die ihr machen müsst.«

Er geht zu seiner Stute Brinja, fasst sie am Halfter und führt sie auf den Reitplatz. Dann redet er mit ihr und streicht ihr kurz über den Körper. Brinja ist ganz ruhig.

Bjarki entfernt sich ein paar Schritte von ihr. Sie schaut ihm zwar nach, bleibt aber weiterhin ruhig stehen. Jetzt nimmt Bjarki Anlauf und springt auf ihren Pferderücken. Immer noch steht Brinja ruhig am selben Fleck.

»Wow!«, macht Max leise, der wieder neben mir steht. »Zu so was bin ich viel zu unsportlich.«

»Glaub ich nicht«, gebe ich leise zurück.

Bjarki lässt sich vom Pferderücken gleiten und kriecht unter seinem Pferd her. Abschließend springt er von hinten wieder auf den Pferderücken und reitet eine Runde über den Reitplatz, wobei er seine Arme weit ausbreitet. Er reitet zunächst Trab, dann Galopp. Das sieht einfach nur gut aus. Zuletzt pariert er sein Pferd wieder durch und springt ab. Er wirkt dabei sportlich und durchtrainiert wie ein Gummiball.

»Das war's schon!«, sagt er.

Nun wird es unruhig. Auf so eine Prüfung ist niemand vorbereitet. Wir haben Longieren geübt, sind mit unseren Pferden über den Platz gelaufen und haben alle möglichen Wendungen einstudiert. Dass jetzt Turnübungen auf dem Pferd anstehen, ist für alle eine große Überraschung. Aber die

Idee ist gut. Jeder kann auf die Weise zeigen, wie eng er mit seinem Pferd verbunden ist.

Natürlich bin ich im Vorteil, weil ich Alvara schon so lange kenne, aber es gibt auch viele andere Reiter, die eine enge Beziehung zu ihrem Pferd haben. Die Übungen machen allen großen Spaß, denn es gibt einige Pferde, die total süß auf unsere Turnübungen reagieren, und wir haben viel zu lachen. Solon läuft zum Beispiel hinter Max her, als er sich entfernt, weil er mit ihm kuscheln will. Und ein schwarzes Pferd rennt sofort zum Tor, als es losgelassen wird, weil ihm die vielen Zuschauer unheimlich sind.

Papa, Meike und Bjarki sitzen an einem Tisch, beobachten uns und vergeben die Punkte. Was sie aufschreiben, verraten sie nicht, denn es steht ja noch eine weitere Prüfung an: eine Dressurübung, und auch da sorgt Bjarki für eine Überraschung. Er will nämlich, dass wir die Dressur zu zweit machen.

Zusammen mit Papa zeigt er Hufschlagfiguren, die ziemlich anspruchsvoll sind. Die Reiter müssen aufeinander zureiten, dann aneinander vorbei, es folgt eine Volte, dann eine Wendung. Anschließend wird direkt aus dem Schritt angaloppiert. Immer wieder befinden sich die beiden Reiter in entgegengesetzter Richtung und müssen darauf achten, dass sie alles ungefähr gleichzeitig machen.

»Wie sieht's aus, machst du das mit mir zusammen?«, flüstert Max in mein Ohr.

Erst jetzt fällt mir auf, dass er immer noch neben mir steht.

»Klar«, gebe ich zurück und Max strahlt.

»Wollen wir zwei zusammen reiten?«, wendet sich Greta an mich.

»Geht nicht«, gibt Max zurück. »Frieda ist schon vergeben.«

Greta sieht sofort zu mir und verdreht die Augen. Das tut mir ein bisschen leid, denn bisher habe ich immer alles mit Greta zusammen gemacht. Aber Max hat zuerst gefragt, das muss sie einsehen.

Max und ich sind richtig gut. Da sieht man, dass wir viel zusammen geritten sind. Wir sind zu einem Team zusammengewachsen. Das hätte ich mir nicht vorstellen können, als er auf unseren Hof kam und die ganze Zeit unter der Kapuze seines Hoodies steckte.

Am späten Nachmittag geht es endlich auf die Ovalbahn. Jetzt wird das Turnier richtig ernst. Bjarki wirkt sehr konzentriert, als er uns seine Idee für die Gangprüfung vorstellt. Am Start lässt Bjarki sein Pferd nur ein paar langsame Schritte gehen, dann trabt er an. Hinter der Kurve, als die lange Bahn vor ihm liegt, nimmt er sein Pferd in den Tölt. Das sieht unglaublich gut aus. Brinja hat eine lange weiße Mähne, die nun im Wind weht. Sie geht hoch aufgerichtet und hebt die Beine.

»Das ist ja schon fast ein spanischer Schritt im Trab«, murmelt Max.

Als die nächste Kurve kommt, nimmt Bjarki sein Pferd zurück in den Trab, dann galoppiert er an. Auch der Galopp ist toll.

»Und nur für die Profis unter euch wird Bjarki auch noch Rennpass zeigen«, verkündet Papa über sein Headset. »Das wird aber nicht in der Prüfung erwartet. Wer das nicht kann, reitet hier wieder Tölt.«

Bjarki galoppiert nun aus der Kurve heraus und hat die ganze Länge der Bahn vor sich. Ich beobachte ihn genau, wie er mit dem inneren Schenkel treibt und den Zügel an den Hals legt. Brinja springt in den Rennpass. Wow, da geht echt die Post ab. Die Zuschauer klatschen begeistert.

Langsam nimmt Bjarki sein Pferd zurück, reitet noch einmal durch die Kurve und pariert es dann durch. Ein riesiger Applaus ist ihm sicher.

Jetzt geht der Parcours an uns und ich merke, wie aufgeregt ich bin. Ich möchte bei der Gangprüfung einfach gut sein. Max grinst mich an.

»Na, wie sieht es aus mit deinem Selbstbewusstsein?«, will er wissen.

»Ziemlich gut«, behaupte ich. »Ich werde siegen. Das ist ja wohl klar.«

»Vergiss es!«, trötet Max. »Du kannst mir nachher den Siegerkuss geben.«

»Vergiss es selbst!«, gebe ich zurück. »Du musst nachher für mich die Stallarbeit machen. So sieht es aus, mein Lieber.«

Wir müssen beide lachen.

Ich bin als erste an der Reihe und starte mit Alvara auf der Ovalbahn. Okay, zugegeben, ich kann mich nicht sehen, wie ich reite, aber ich habe ein gutes Gefühl für Alvaras Bewegungen. Alles klappt. Sie töltet wie eine Eins, sie trabt, sie galoppiert und zuletzt legt sie auch noch einen Rennpass hin, der sogar Bjarki begeistert. Als ich fertig bin, schaue ich zu Papa hinüber und sehe, wie stolz sein Gesicht leuchtet.

»Nicht schlecht, nicht schlecht«, murmelt er. Und wenn er das sagt, war ich großartig.

»Na ja, du hast dich ganz schön ins Zeug gelegt«, brummt Max, als ich von der Ovalbahn komme. »Hast du zugeguckt, Solon? Du musst besser sein als die beiden«, zischt er seinem Pferd ins Ohr. Solon scheint sich jedoch nicht für Max' Worte zu interessieren, denn er knabbert Alvara kurz am Fell, als wollte er sie für ihren Auftritt loben. Dann sind Max und Solon an der Reihe. Alvara und ich stehen nebeneinander und schauen den beiden zu. Mir fällt bei diesem Turnier auf, was für ein guter Reiter Max ist. Besonders großartig sieht es aus, wenn er töltet. Er sitzt so ruhig auf seinem Pferd, dass man denkt, Solon läuft von ganz alleine so. Diese fast unsichtbaren Hilfen sind es, an denen ich noch zu arbeiten habe. Zuletzt klappt es mit dem Rennpass doch nicht ganz so gut. Auf dem letzten Stück springt Solon in den Pass zurück. Aber er hat gezeigt, dass er es kann.

»Großartig!«, ruft Bjarki.

Max kommt etwas atemlos von der Ovalbahn zurück, steigt ab und stellt sich mit Solon neben mich.

»Wie waren wir?«, raunt er mir zu.

»Na ja, ganz okay«, sage ich. »Aber die letzten Meter Pass werden dich wohl die Wette kosten, also hol schon mal die Mistgabel. Der Abend im Stall gehört dir.«

»He!«, grinst Max. »Dafür war dein Tölt aber nicht besonders entspannt. Und da haben Solon und ich ja wohl die volle Punktzahl geholt.«

Ich weiß, dass er recht hat, und darum fällt mir leider nichts ein, womit ich kontern kann.

»Hier stehen sie schon wieder nebeneinander und fachsimpeln!«, ruft Franzi und richtet ihr Smartphone auf uns. Wir seufzen beide und winken ab.

»Oh nein, Franzi! Hast du nichts Besseres zu tun?«

»Bist du nicht gleich dran?«, will Max wissen.

Franzi schaut auf die Ovalbahn und quietscht erschrocken. »Oh, stimmt. Nur noch einer vor mir. Hilfe!«

Sie drückt mir ihr Smartphone in die Hand.

»Mach ein Video von mir. Aber filme im Querformat, kapiert?«

Und schon ist sie weg. Ich stehe hier mit diesem blöden Ding in der Hand und weiß gar nicht genau, was ich machen soll. Max nimmt mir das Handy ab. »Gib her, ich mach das schon«, schlägt er vor.

Ich bin froh darüber und halte stattdessen Solon fest. Er ist sehr aufgeregt, denn in diesem Moment reitet Greta ein.

»Die nächste Reiterin ist Greta Kirk mit ihrer Stute Tindra«, moderiert Papa Greta an. »Sie hat ihr Pferd noch nicht lange und wird darum heute nur die Grundgänge Trab, Galopp und Tölt zeigen.«

Jetzt gibt er Greta ein Zeichen. Sie treibt Tindra an. Sofort streckt Solon seine Nase vor, als wollte er Tindra anfeuern. Tindra scheint das zu spüren, denn sie wirft stolz ihren Kopf nach hinten und geht in den Tölt. Das sieht auch bei ihr wunderschön aus. Greta nimmt sie nun wieder zurück und die Stute springt in der nächsten Kurve in den Galopp. Tindra ist ein unglaublich schnelles Pferd. Das wird mir bei diesem Turnier ganz besonders bewusst.

»Die sollten wir mal auf ein Pferderennen schicken«, murmelt Max mir zu.

Jetzt ist die Kurve zu Ende und eigentlich will Greta ihr Pferd wieder in den Tölt zurücknehmen. Aber sie hat ihre Rechnung ohne Tindra gemacht. Tindra scheint nicht einzusehen, warum sie keinen Rennpass zeigen darf wie die anderen Pferde. Darum wird sie einfach immer schneller. Greta sieht ein bisschen ängstlich aus. Sie gibt die Zügel wieder vor. Das sieht Tindra offenbar als Zeichen, in den Rennpass zu wechseln und loszurasen. Bis zum Ende der langen Bahn flitzt sie.

»Oh nein, sie fällt gleich aus der Kurve!«, zischt Max. Doch das hat auch Greta bemerkt. Sie nimmt ihr Pferd zurück, lässt es langsam auslaufen und pariert es schließlich durch.

Ich höre, wie Papa durch das Mikrofon lacht.

»Das war eine Extraleistung eines Pferdes, das einfach mal

zeigen wollte, wie viele Möglichkeiten in ihm schlummern«, sagt er.

Greta lacht und führt Tindra in die Mitte der Ovalbahn. Dort verneigt sie sich kurz und reitet dann ab. Ein großer Applaus folgt ihr.

Es sind viele gute Reiter beim Turnier dabei und Max und ich freuen uns, als wir beide gemeinsam den fünften Platz belegen. Greta aber hat ihr Pferd zum Sieg geführt. Voller Stolz nimmt sie die goldene Schleife entgegen und lässt sich von Franzi filmen, während die Richter Tindra einen Siegerkranz um den Hals legen.

Max und ich schauen uns kurz an. »Schätze, wir machen die Stallarbeit heute gemeinsam«, brummt er.

21. KAPITEL
DAS ABSCHIEDSFEST

»Meine Damen und Herren, ich lade Sie herzlich zu unserer kleinen Zaubershow ein. Max und sein mutiges Pferd Tónn werden Sie heute Abend begeistern!«

Max rennt mit einer großen Glocke quer über den Hof und läutet die Menschen zusammen. Er hat sich im Gesicht wie ein Clown bemalt: ein breiter roter Mund, der innen weiß ist, dazu Kreuze über den Augen. Außerdem trägt er ein bunt kariertes Oberteil und eine blaue glänzende Pluderhose. Nur auf eine rote Perücke hat er verzichtet. Dafür aber hat er seine Haare leicht nach hinten gegelt und das sieht sehr süß aus. Tónn ist an seiner Seite, ganz ohne Halfter und Strick. Er bleibt immer auf einer Höhe mit Max und stört sich auch nicht an der lauten Glocke. Auch Tónn ist ein bisschen verkleidet. Er trägt eine blaue Mütze mit Sternen, die einen goldenen Bommel hat.

Ich muss zugeben, dass ich überrascht bin. Max und sein mutiges Pferd standen gar nicht auf dem Programmplan. Und ehrlich gesagt hätte ich Max so etwas auch nicht zugetraut.

»Was hat der denn vor?«, wundert sich Greta. »Hast du davon gewusst?«

Ich schüttele den Kopf. Meike grinst geheimnisvoll zu uns herüber. Sie scheint die einzige zu sein, die eingeweiht gewesen ist. Vielleicht hat sie dieses Programm auch schon häufiger erlebt.

Gegen sechs Uhr abends ist es dann soweit. Ich bin sehr gespannt. Max geht mit Tónn auf den kleinen Reitplatz und die Menschenmenge drängt sich entlang des Zauns, um nichts zu verpassen. Ich schwinge mich auf einen Zaunpfahl an der Wiese. Er ist zwar ein Stück entfernt, aber ich habe den großen Überblick. Max benutzt Papas Headset, sodass ich ihn gut verstehen kann.

»Ich begrüße euch zu dieser einzigartigen Show. Ihr erlebt, wie Max und Tónn zusammen spielen und miteinander reden. Beachtet die einzigartige Verbindung zwischen Mensch und Pferd. Lasst euch faszinieren und verzaubern. Wir beide sind ein einzigartiges Team!«, beginnt Max und Tónn macht dazu ein Gesicht, als würde er das genauso sehen. Die Menschen drängen sich dichter an den Zaun heran. Hin und wieder sind Stimmen zu hören: »Ich kann gar nichts sehen!« Die Kinder werden vor die Erwachsenen geschoben. Dann wird es ruhig.

Max und Tónn beginnen mit einer tiefen Verbeugung, was beiden großen Applaus einbringt. Dann läuft Max los und Tónn bleibt neben ihm auf Schulterhöhe, wie ich das von den beiden kenne. Schon das reicht aus, um die Menschen zu beeindrucken. Max ist ohne Gerte. Er streckt nur seinen Arm aus und hält den Zeigefinger auf Tónn gerichtet. Tónn hat die Ohren gespitzt und achtet nur noch auf Max.

Schon jetzt setzt wieder ein großer Applaus ein. Die Menschen wissen gar nicht, dass das hier Max' und Tónns Alltagsprogramm ist. Ich merke erst jetzt, wie gut Max ist, und bin richtig stolz auf ihn. Max geht rückwärts und Tónn macht es ihm nach, dann geht Max Seitengänge und Tónn ebenfalls.

Eigentlich kann ich das auch, denke ich. Wir hätten doch auch zusammen ein Programm einstudieren können.

Aber dann legt Max richtig los und ich merke, dass er in Sachen Bodenarbeit wirklich besser ist als ich. Die Show wird sehr witzig und ich lasse mich von den Kunststücken mitreißen. Max wirft ein Tuch über den Platz und Tónn fängt es mit dem Maul auf. Dann ziehen beide daran. Die Kinder lachen sich kaputt und auch die Erwachsenen staunen und sind begeistert. Danach spielen Max und Tónn mit drei Hula-Hoop-Reifen und Tónn gelingt es, sie über ein Hütchen zu legen. Auch das begeistert alle. Anschließend zeigt Tónn kleine Kunststücke im freien Springen und erntet wieder großen Applaus.

Plötzlich zupft Tónn an Max' Kragen.

»Oh, mein Pferd will mir etwas sagen«, behauptet Max und kommt mit seinem Kopf näher. Tónn legt sein Maul an Max' Ohr und es sieht aus, als würde er ihm etwas ins Ohr flüstern.

»Tónn sagt, dass ich ein Mädchen auf den Platz holen soll«, behauptet Max. »Wer möchte kommen?«

Alle Mädchenhände fliegen hoch und auch ein paar Jungs melden sich bettelnd.

»Oh, da weiß ich ja gar nicht, wen ich nehmen soll«, jammert Max. Er spielt seine Clownrolle gut.

Jetzt kommt Tónn zu ihm und flüstert wieder. Die Kinder sind ganz still. Jeder will hören, was das Pferd zu sagen hat.

»Gibt es ein Mädchen, das Frieda Kirk heißt?«, fragt Max und schmunzelt leicht.

Alle drehen sich zu mir um. Ich brauche einen Moment, bis mir bewusst wird, dass ich gemeint bin. Das ist mir gar nicht so recht. Am liebsten würde ich hier auf dem Zaunpfahl sitzen bleiben, statt in den Mittelpunkt zu rücken, aber mir bleibt keine andere Wahl, als mich zu melden.

»Ist das das Mädchen, das ich holen soll?«, wendet sich Max an sein Pferd und Tónn nickt heftig mit dem Kopf. Also bleibt mir nichts anderes übrig, als zu den beiden zu gehen. Die anderen applaudieren und Tónn hüpft vor Freunde hin und her.

Ich möchte zu gerne wissen, wie Max das macht, dass Tónn genau das tut, was er möchte. Ich sehe überhaupt keine Handbewegung, mit der er Tónn vielleicht einen Impuls geben könnte. Es ist unglaublich – wenn ich nicht genau wüsste, dass das alles ein Trick ist, würde ich glatt glauben, dass Max wirklich zaubern kann.

»Was soll ich jetzt mit Frieda machen?«, will Max von Tónn wissen. Wieder kommt Tónn zu ihm und flüstert.

»Oh nein«, ruft Max und springt ein Stück zurück. »Das kann ich doch nicht tun!«

»Was denn?«, rufen ein paar Kinder. Max schlägt sich die Hände vor das Gesicht und sagt noch einmal klagend: »Oh nein!«

Ich könnte mich kaputtlachen und auch die anderen brechen in fröhliches Gelächter aus. Max ist ein großartiger Schauspieler. Nun kommt Tónn wieder zu Max, um zu flüstern. Alle lauschen und es wird so leise, dass man hören könnte, wie eine Stecknadel fällt.

Max tut so, als hätte er es verstanden, und rauft sich die Haare.

»Oh, Tónn, das traue ich mich nicht!«, ruft er und tut so, als würde er sich schämen. Alle lachen.

»Was sagt er denn?«, will ein Mädchen wissen.

»Das kann ich euch nicht sagen«, behauptet Max.

Jetzt sind alle sehr neugierig. »Was denn?«, schreien sie. Und auch: »Bitte sag doch.«

»Sag du es ihnen, Tónn!«, bittet Max sein Pferd und ich sehe aus dem Augenwinkel, dass er eine kleine Bewegung mit dem Mund macht. Plötzlich flehmt Tónn – es sieht wie ein Kuss aus. Die Kinder quietschen vor Vergnügen und ich sehe, wie auch Meike und Papa schallend lachen.

»Ich soll Frieda küssen?«, ruft Max mit gespieltem Entsetzen.

Wieder nickt Tónn. Diesmal sogar richtig heftig. Ein lauter Lachflash geht über den Platz. Franzis Kamera richtet sich auf uns.

Das zahle ich ihm heim. Ich werde ab jetzt mit Alvara trainieren, dass sie ihm einen Tritt in den Hintern gibt, nehme ich mir ganz fest vor.

Max ist aber so süß, dass ich trotzdem die ganze Zeit lachen muss.

»Tut mir leid, Frieda«, sagt Max mit schüchternem Augenaufschlag. »Tónn gibt keine Ruhe. Ich muss dich einfach küssen. Hast du damit ein Problem?«

Was soll ich machen? Ich schüttele natürlich den Kopf und ein riesiger Applaus setzt ein.

»Also dann«, murmelt Max und tut so, als traue er sich nicht. Wieder wird er von der Menge angefeuert. Und dann kommt er zu mir und gibt mir ein vorsichtiges Küsschen auf die Wange. Die Zuschauer lachen und applaudieren.

»Das war doch kein Kuss!«, ruft mein Bruder Paul.

Oh Mann, den setze ich auch auf meine Racheliste. Wenn er noch mal so einen blöden Spruch macht, lege ich ihm einen nassen Lappen ins Bett.

»Ein richtiger Kuss!«, schreit auch ein kleines Mädchen.

Nun wird Max tatsächlich etwas verlegen. Ich kann unter

seiner Schminke erkennen, wie er ein bisschen rot wird. Jaja, so geht es einem, wenn man den Teufel ruft …

Dann mischt sich auch noch Tónn ein. Das ist echt unfair. Wenigstens er könnte zu mir halten. Aber wahrscheinlich macht es ihm Spaß, dass er so viel Applaus bekommt. Er dreht sich zu den Zuschauern um und flehmt wieder, und dann noch einmal. Dabei zeigt er sein ganzes großes Gebiss und wölbt die Lippen nach außen. Zu komisch sieht das aus.

»Na gut!«, brummt Max. »Ich mach ja schon.«

Das ist mir echt peinlich und Max bestimmt auch. Aber er bleibt irgendwie cool. Kein Wunder, er ist ja auch ein Clown. Hinter einer Verkleidung kann man sich gut verstecken.

Langsam dreht er sich zu mir um, nimmt meinen Kopf in seine Hände und gibt mir ganz schnell einen Kuss auf den Mund. Seine Lippen schmecken nach Schminke, aber irgendwie gefällt es mir trotzdem. Jetzt setzt ein riesiger Applaus ein. Ich klatsche ebenfalls, bevor ich mich auf den Weg zurück zu meinem Zaunpfahl mache. Ich gehe langsam, damit es nicht nach Flucht aussieht. Aber ein bisschen Flucht ist es trotzdem. Ich muss sagen, dass ich ziemlich verwirrt bin. Alles hatte ich erwartet, aber keinen Kuss vor versammeltem Publikum.

»Dann wollen wir uns bei euch mit einer Ehrenrunde verabschieden!«, ruft Max und schnipst mit dem Finger. Abschließend rennen er und Tónn eine Runde nebeneinander über den Platz. Die Zuschauer klatschen im Takt dazu. Zuletzt gehen die beiden in die Mitte und verbeugen sich. Viele rufen »Zugabe, Zugabe«, aber für Max und Tónn ist die Vorstellung beendet.

»Das war wundervoll!«, ruft Papa ihnen nach und wischt sich die Tränen aus den Augen.

Max sucht mich in der Gruppe und zwinkert mir zu. Dann bringt er Tónn auf die Wiese.

Ich sitze weiterhin auf dem Zaunpfahl und sehe zu, wie der DJ seine Anlage aufbaut und einen Soundcheck macht. In einer halben Stunde ist Disco angesagt. Ich sehe mich vorsichtig nach Max um, aber er ist verschwunden.

Vielleicht ist das besser so. Nach dem Kuss muss ich mich erst mal erholen und ein bisschen allein sein. Es tut gut, hier auf dem Zaunpfahl zu sitzen und das Geschehen aus der Ferne anzuschauen.

Plötzlich spüre ich ein Pferdemaul an meinem Ohr. Im ersten Moment denke ich, dass Alvara zu mir gekommen ist, aber das Pferd verhält sich anders, vorsichtiger, schüchterner irgendwie. Ich drehe meinen Kopf leicht zur Seite und sehe aus den Augenwinkeln, dass es ein windfarbiges Pferd ist, das da neben mir steht. Es ist Hrina. Mein Herz klopft. Ob sie versucht, Kontakt zu mir aufzunehmen? Ich bleibe ganz still sitzen und vermeide es, sie anzuschauen. Ruhig steht sie neben mir und wartet. Erst als sie sich ganz sicher ist, dass ich mich nicht bewege, legt sie plötzlich ihren Kopf von hinten auf meine Schulter. Ich spüre ihre weiche Nase an meinem Ohr. Immer noch bewege ich mich nicht, doch eigentlich habe ich den riesigen Wunsch, sie zu streicheln. Gleichzeitig weiß ich, dass sie selbst den Zeitpunkt der Berührung bestimmen möchte.

Jetzt legt sie ganz vorsichtig ihren Kopf schräg und berührt damit meine Schläfe. Ihr warmer Atem pustet gegen meinen Hals und dieses Gefühl verursacht bei mir eine unglaubliche Gänsehaut. Ich weiß, dass sie mir etwas sagen möchte, und ich schließe die Augen und warte auf das Bild, das sie mir schickt.

Ich sehe eine Frau, die auf einem Pferd reitet. Erst ist das Bild aus weiter Entfernung zu sehen, sodass ich die Frau und das Pferd nicht erkennen kann. Ob das meine Mutter ist? Mein Herz klopft fast zum Zerspringen.

Hrina holt das Bild dichter heran und ich erkenne, dass die Frau dunkelrote Haare hat. Sie reitet ohne Kappe und ihre Haare fliegen im Wind, genau wie die Mähne des Pferdes im Wind hin und her weht.

Das muss meine Mutter sein. Das Pferd, das sie reitet, ist nicht Hrina. Es ist ein Jungpferd, das immer wieder unsicher ist. Die Frau trabt es an und als es klappt, schaut sie zu Hrina herüber.

Hrina holt das Bild noch näher heran. Jetzt kann ich sogar die Sommersprossen der Frau erkennen. Sie sieht glücklich aus. Nun winkt sie zu Hrina herüber, wirft ihr sogar eine Kusshand zu. Da ich die Szene aus Hrinas Augen betrachte, kommt es mir fast so vor, als wäre der Kuss auch für mich bestimmt. Gleichzeitig spüre ich die Traurigkeit, die Hrina in sich trägt, wenn sie mir dieses Bild schickt. Sie hat meine Mutter verloren. Auf einmal werde auch ich sehr traurig, denn ich merke, dass Hrina und ich etwas gemeinsam haben. Nicht nur ich habe meine Mutter verloren, auch für Hrina hat sich die Welt geändert. Ich bin unglaublich dankbar, dass sie diesen Moment mit mir teilt.

Nun schickt sie mir noch ein Bild – es zeigt, wie ich mit Alvara auf der Ovalbahn reite. Auch ich trabe, aber ich trage einen Helm, sodass meine Haare nur als Zopf auf dem Rücken zu sehen sind. Doch auch Alvara und ich sehen vergnügt und glücklich aus und ich kann spüren, dass Hrina sich mit uns freut. Offenbar scheint sie zu wissen, dass Mama und ich uns ähnlich sind. Das will sie mir zeigen, indem sie genau diese beiden Bilder zusammenbringt. Es rührt mich sehr.

Jetzt hebt die Stute langsam den Kopf, bleibt aber noch neben mir stehen und wartet. Ob ich es wohl wagen kann, sie zu streicheln? Ich zögere einen Moment, aber als sie nicht weggeht, drehe ich mich vorsichtig zu ihr, hebe die Hand und streichele ihre weiche Nase.

»Danke!«, flüstere ich.

Hrina betrachtet mich aufmerksam. Dann weicht sie langsam auf die Wiese zurück. Es ist bereits dunkel geworden. Die Pferde, die draußen sind, sind nur noch als schwarze Schatten zu erkennen. Hrina verschwindet wieder in der Herde und ich kann sie nicht mehr von den anderen Pferden unterscheiden. Was bleibt, ist dieses Gefühl, einen unglaublichen Moment erlebt zu haben.

»Franzi! Ich glaub, ich spinne. Das ziehst du nicht an!«, höre ich Onkel Steffens Stimme. Sie klingt entsetzt und reißt mich aus meinen Gedanken. Jetzt sehe ich, wie Franzi sich zu der Disco hinüberbewegt, die auf unserem Hof vorbereitet wird. Sie sieht schräg aus: hautenge silberne Hose, dazu ein weit ausgeschnittenes kurzes Oberteil in Giftgrün, High Heels, in denen sie kaum gehen kann, und natürlich ihren bescheuerten Hut und die Sonnenbrille.

»Steffen, lass sie doch!«, sagt Papa und lacht. »Heute ist hier Ausnahme angesagt.«

»Aber das ist doch keine Ausnahme. Das ist eine Katastrophe!«, ruft Onkel Steffen entsetzt und schlägt sich die Hand vor's Gesicht.

Nun höre ich Meikes Stimme: »Sie kann es doch tragen, Steffen. Ich finde sie süß!«

Wenn Meike so etwas sagt, knicken alle Männer bei uns am Hof ein. Meike ist immer so liebenswürdig und alle mögen sie gerne. Ich sehe, dass auch sie sich für den Abend schick gemacht hat, und auch Papa trägt eine neue Jeans und ein weißes Hemd. Er sieht so gut aus! Seine Augen haben ein unglaubliches Strahlen. Der Tag ist gut gelaufen und das scheint ihn sehr fröhlich zu machen. Aber vielleicht hat es auch mit Meike zu tun. Die beiden stehen oft zusammen und reden miteinander und dann sehen sie beide ziemlich glücklich aus.

»Hi, da bin ich wieder!«, flötet Franzi in ihr Smartphone. »Wir haben hier gleich eine super Party. Wollt ihr mein neues Outfit sehen?«

»Oh nein, wollen wir nicht«, murmelt Onkel Steffen.

Doch Franzi beachtet ihn gar nicht. Sie montiert einen langen Selfiestick an ihre Kamera und marschiert zum Stall hinüber, wo sie sich ungestört glaubt.

»Frieda? Bist du das da hinten in der Dunkelheit?«, ruft Papa zu mir herüber.

Ich winke ihm zu.

»Willst du dich nicht für die Disco fertig machen? Es geht gleich los!«

»Max macht sich auch schon fertig«, fügt Meike hinzu. Warum sagt sie das? Was habe ich denn mit Max zu tun? Nur weil er mir gerade einen Kuss gegeben hat?

»Er hat fast eine Stunde gebraucht, bis er die Schminke aus dem Gesicht hatte«, lacht Meike.

»Kann ich mir denken«, sagt Papa. »Aber die Aufführung war unglaublich witzig. Wir sollten ihm eine Kinderreitstunde überlassen. Er kommt bestimmt gut bei den Reitschülern an.«

Ich muss lachen und denke an Max. Ich hätte ihm nicht zugetraut, dass er sich so präsentiert. Kein Junge aus meiner Klasse hätte das gemacht. Dazu fühlen sich alle viel zu cool. Max ist irgendwie anders. Es macht ihm nichts aus, auch mal in eine kindliche Rolle zu schlüpfen. Das imponiert mir. Und was mir noch an ihm gefällt, ist, dass er wahnsinnig gut mit Pferden umgehen kann. Diese Nummer mit Tónn muss er lange geübt haben. Ich kenne keinen Jungen, der so etwas kann.

Plötzlich habe ich den Wunsch, heute Abend bei der Disco gut auszusehen. Schnell springe ich vom Zaunpfahl und renne los.

»Na endlich«, höre ich Papas Stimme hinter mir.

»Frieda, wo bleibst du denn?« Greta kommt mir in einem Glitterkleid entgegengestürmt. »Kannst du mir mal bei den Ohrringen helfen? Ich kriege den Verschluss nicht zu.«

Greta hält mir eine Creole entgegen, die ihr fast bis zu den Schultern reicht.

»Wo hast du denn das Kleid her?«, will ich wissen. »Und diese Ohrringe?«

»Falsche Frage!«, gibt Greta zurück. »Die Frage muss heißen: Du willst doch wohl nicht in Reithose zur Disco, oder?«

Ehrlich gesagt habe ich keine Antwort darauf, denn nun rennt Paul das Treppenhaus hinauf. Er trägt ein schwarzes T-Shirt und eine Designerjeans mit vielen Löchern. Seine lockigen Haare hält er mit einer schwarzen Kappe unter Kontrolle, bei der er den Schirm nach hinten gedreht hat. Alles klar. Alle sehen cool aus, nur ich habe mal wieder nichts geschnallt. Jetzt muss ich mich unbedingt ranhalten. Glitterklamotten habe ich nicht und ich mag es auch nicht, wenn ein ungemütlich kratzender Stoff an meinem Körper klebt. Aber ich habe ein schönes buntes Sommerkleid aus weichem Stoff. Das geht immer. Außerdem ziehe ich mir meine Chucks an. Nur damit kann ich tanzen.

Ich bin die letzte, die auf dem Hof ankommt. Die anderen tanzen bereits. Ich sehe, wie Papa und Meike miteinander tanzen. Papa sieht sehr glücklich aus. Ich freue mich für ihn. Er scheint Meike wirklich gerne zu mögen.

Onkel Steffen tanzt mit Omi, Greta twistet allein durch die Scheinwerfer und Franzi hat sich den coolen DJ geangelt, der mit ihr einen heißen Discofox über den Hof tanzt. Hoffentlich vergisst er nicht, dass er hier als DJ arbeiten und nicht Franzi anbaggern soll.

»Hi!« Das ist Max. Er scheint an der Stalltür auf mich gewartet zu haben.

Ich bin überrascht, wie gut er aussieht. Er trägt keinen Hoodie, sondern ein schwarzes T-Shirt und eine schwarze Jeans.

»Du siehst gut aus«, sagt er nun zu mir.

»Danke gleichfalls«, gebe ich zurück.

Dann stehen wir ein wenig verlegen nebeneinander. Eigentlich haben wir uns immer viel zu erzählen, aber plötzlich fällt mir überhaupt nichts mehr ein.

»Tanzt du mal?«, fragt Max.

»Klar!«

Wir gehen zusammen zu den Tanzenden hinüber. Gerade will ich mit dem Tanzen loslegen, da legt Max fachmännisch seinen Arm auf meine Schulter und nimmt meine Hand in seine. Tanzhaltung? Damit habe ich nicht gerechnet.

»Kannst du tanzen?«, frage ich überrascht.

Max gibt keine Antwort, sondern setzt mit dem nächsten Takt ein. Es fühlt sich ein wenig ungeschickt an. Ich latsche sofort auf seine Füße, aber das stört ihn nicht. Jetzt macht er einen Schritt nach rechts. Dann wieder nach links.

»Ich habe mir auf Youtube ein paar Clips angeguckt«, meint er.

Wieder ein Schritt nach rechts, dann nach links. Und nun versucht er eine Drehung, bei der wir beide beinahe hinfallen.

»Ah … kann ich mir den Clip mal anschauen?«, frage ich vorsichtig.

Ein Schritt rechts, ein Schritt links. Max bleibt beharrlich dabei.

»Brauchst du nicht«, sagt er. »Vielleicht mache ich es auch ein bisschen anders als im Clip. Aber es fühlt sich doch schon ganz gut an, oder?«

Links, rechts, allmählich kapiere ich das System. Jetzt kriegen wir sogar das mit der Drehung hin.

Papa und Meike schweben an uns vorüber und Papa lächelt mir anerkennend zu. Wahrscheinlich hat er Max das Tanzen genauso wenig zugetraut wie ich. Aber seit dieser Zaubershoweinlage wundert mich an Max gar nichts mehr.

Die Musik ist zu Ende und der DJ sprintet zu seinem Desktop, um einen neuen Song anzuklicken. Diesmal scheint er etwas für die Oldies zu erwischen, denn Papa lacht und singt mit und zieht Meike begeistert in seine Arme. Auch Tante Susi seufzt.

»Ach, das waren noch Zeiten, was, Steffen?«

»Scheint ein Geheimtipp zu sein«, murmelt Max in mein Ohr. Ich muss kichern, aber dann klopft mein Herz doch ziemlich, denn auch Max legt plötzlich lässig die Arme um mich und drückt mich an sich. Mein Mund reicht bis zum Rand seines T-Shirts und ich muss ein bisschen aufpassen, dass ich nicht seinen Hals berühre. Max setzt sich wieder in Bewegung – rechts – links – jetzt können wir das. Er ist mir so nahe, dass ich das Aftershave riechen kann, das er benutzt hat.

Es fühlt sich gut an, so eng miteinander zu tanzen. Und als die Musik zu Ende ist, behält Max einfach meine Hand in seiner. Und auch das fühlt sich ziemlich gut an.